Theodor von Schroeder

Theodor von Schroeder

Theodor von Schroeder

Theodor von Schroeder

ISBN/EAN: 9783744601245

Hergestellt in Europa, USA, Kanada, Australien, Japan

Cover: Foto ©Raphael Reischuk / pixelio.de

Weitere Bücher finden Sie auf **www.hansebooks.com**

BEITRAG

ZUR
KENNTNISS DER IRITIS SYPHILITICA.

INAUGURAL - DISSERTATION

ZUR
ERLANGUNG DES GRADES EINES DOCTORS DER MEDICIN

verfasst und mit Bewilligung

Einer Hochverordneten Medicinischen Facultät der Kaiserlichen Universität zu Dorpat

zur öffentlichen Vertheidigung bestimmt

VON

THEODOR von SCHROEDER,

Assistenzarzt an dem St. Petersburger Augenhospital.

Ordentliche Opponenten:

Dr. Jaesche. — Prof. Dr. E. Raehlmann. — Prof. Dr. E. v. Wahl.

St. PETERSBURG.

Buchdruckerei der Kaiserlichen Akademie der Wissenschaften.
(Wassili-Ostrow, 9. Linie, № 2.)
1880.

Gedruckt mit Genehmigung der medicinischen Facultät.
Decan: Boehm.
Dorpat, den 22. März 1880.
№ 83.

Bei Veröffentlichung dieser Erstlingsarbeit ist es mir eine angenehme Pflicht allen hochverehrten Lehrern an der Universität Dorpat, denen ich meine medicinische Ausbildung verdanke, insbesondere den HH. Prof. G. v. Oettingen und E. v. Wahl meinen Dank auszusprechen.

Dem Hrn. Dr. Grafen Magawly, der mit seinem Rath und seiner reichen Erfahrung meine Arbeit aufs freundlichste unterstützt und gefördert hat, fühle ich mich zu grösstem Danke verpflichtet.

Wenn ich es unternehme in den folgenden Blättern einen Beitrag zur Kenntniss einer Krankheit zu liefern, über die schon so viel geschrieben worden ist, die hinreichend nach allen Seiten hin beobachtet und bekannt zu sein scheint, so bedarf es einiger einleitender Worte um mein Unternehmen als genügend motivirt erscheinen zu lassen.

Angeregt durch die von verschiedenen Seiten mitgetheilten günstigen Erfolge der seit Lewin gegen die constitutionelle Syphilis immer mehr und mehr in Aufnahme gekommenen subcutanen Sublimatinjectionen, begann ich im Anfange d. J. 1879, die letzteren bei der Behandlung der mit syphilitischen Augenleiden behafteten Patienten in Anwendung zu ziehen. Es führte mich dazu nicht nur die den subcutanen Sublimatinjectionen vor den früheren Methoden nachgerühmte raschere und günstigere Wirkung, sowie die rationelle Form dieser Behandlungsmethode, sondern vielmehr der Umstand, dass bei der grossen Zahl der an syphilitischen Augenaffectionen Leidenden im hiesigen Augenhospital nur ein Theil derselben Aufnahme finden kann, der andere Theil ambulatorisch behandelt werden muss, für eine ambulatorische Behandlung aber die Methode der subcutanen Injectionen unzweifelhafte Vorzüge besitzt. Um mir nun über die Wirkung der letzteren auf die syphilitischen Augenleiden, über welche noch sehr wenig Beobachtungen von Ophthalmologen vorliegen, ein Urtheil bilden zu können, musste ich die Injectionen, zu denen ich das Sublimatpepton wählte, nicht nur im Ambulatorium, sondern auch in der stationären Abtheilung in den betreffenden Fällen in Anwendung bringen, obgleich die Resultate der in letzter Zeit im hiesigen Hospital meist angewandten Inunctionscur fast durchweg befriedigende waren. Nachdem ich nun eine Reihe von Fällen auf diese Art behandelt hatte, musste ich um den Werth der Heilresultate gegenüber dem der früher angewandten Methoden, besonders in Bezug auf die Schnelligkeit der Heilung, beurtheilen zu können, mir ein Vergleichsmaterial aus den Journalen der hiesigen Anstalt zusammenstellen. Da ich mich zuerst an die Zusammenstellung der früher hier behandelten Fälle syphilitischer Iritis machte, so fand ich bald, dass sich aus dem zusammengestellten Material eine ganze Reihe von Thatsachen ergaben, die die bisher für die Statistik, Diagnose, Symptomatologie und Therapie der Iritis syphilitica geltenden Anschauungen nach manchen Seiten hin zu ändern oder zu ergänzen im Stande waren. Die Mittheilung dieser Thatsachen schien mir daher durchaus geboten. Andererseits nahm allein schon die Bearbeitung des über Iritis vorhandenen Materials so viel Zeit in Anspruch, dass ich auf eine gleiche Bearbeitung der anderen syphilitischen Augenleiden in Folge der mir für diese Arbeit leider nur knapp zugemessenen Zeit verzichten musste. Daher habe ich mich trotz des in Bezug auf die anderen syphilitischen Augenaffectionen mir zu Gebote stehenden Materials im Folgenden auf die Iritis syphilitica beschränkt.

Bevor ich nun in die Besprechung des den folgenden Ausführungen zu Grunde liegenden Materials eintrete, sei es mir gestattet mit wenigen Worten die Art und Weise der von mir vorgenommenen Auswahl und Gliederung desselben Erwähnung zu thun, sowie die Beschaffenheit desselben kurz zu characterisiren. Es erscheint dies als unumgänglich, da eine detaillirte Mittheilung aller einzelnen Krankheitsgeschichten von keinem Interesse sein kann, ich mithin abgesehen von einzelnen mir wichtig und erwähnenswerth erscheinenden Fällen nur summarisch die Resultate wiederzugeben beabsichtige. — Den weitaus grössten Theil des Materials bilden, wie schon erwähnt, Krankheitsgeschichten, die ich den Journalen der St. Petersburger Augenheilanstalt entnommen habe; eine relativ nur geringe Anzahl von Fällen (21) ist von mir selbst beobachtet und behandelt worden. Fast alle Patienten, deren Krankheitsgeschichte ich benutzte, hatten Aufnahme und Behandlung in der stationären Abtheilung der Augenheilanstalt gefunden, nur wenige sind von mir ambulatorisch behandelt worden.

Bei der Auswahl des Materials habe ich alle diejenigen, nicht zahlreichen Fälle ausgeschieden, bei denen bereits bei Beginn der Behandlung Complicationen vorlagen, die an und für sich Iritis hervorzurufen im Stande waren. Es erschien dies um so mehr geboten, als das Krankheitsbild der Iritis syphilitica bekanntlich kein einziges pathognomonisches Symptom aufzuweisen hat, die Diagnose somit bei Vorhandensein schwerer Complicationen nicht mit Sicherheit gestellt werden kann. Als solche Complicationen sind besonders acute Conjunctival- und Cornealleiden zu nennen, bei deren Bestehen der Zusammenhang der Iritis mit der constitutionellen Syphilis bisweilen erst durch die günstige Wirkung der Mercurialcur als erwiesen betrachtet werden konnte. Selbst in letzterem Fall aber blieb die Frage offen, wie weit das eine Augenleiden das andere in seinem Auftreten bedingt und in seinem Verlaufe modificirt habe und mussten daher auch solche Fälle als für eine Untersuchung der Iritis syphilitica nicht geeignet erachtet und ausgeschieden werden. — Die hauptsächlichste oder vielmehr fast einzige Complication, die während des Aufenthalts der Patienten im Hospital sich zur Iritis gesellte, war ein acuter Nosocomialcatarrh der Conjunctiva, der zu Zeiten recht arg in der hiesigen Augenheilanstalt hauste. Meist trat er auf, wenn die Iritis schon in der Abnahme begriffen war, rief rasche Steigerung der iritischen Symptome hervor und hinderte die Heilung der Iritis wochenlang. Kam es in seinem Verlauf zu Infiltraten der Cornea, was bisweilen geschah, so war natürlich die Steigerung der iritischen Symptome eine noch stärkere und der Verlauf ein noch mehr langwieriger und schleppender. In allen diesen Fällen war, da der weitere Verlauf und Ausgang zu einem anormalen geworden, für meinen Zweck nur der erste Theil der Krankheitsgeschichte bis zum Auftreten des Catarrhs benutzbar.

Ausscheiden von der zusammenfassenden Betrachtung musste ich endlich die ebenfalls nicht zahlreichen Fälle (16), in welchen die Entzündung als Recidiv einer schon früher vorhanden gewesenen Iritis auftrat; die meist zurückgebliebenen Residua des ersten Iritisanfalles haben hier eine Veränderung in dem Auge gesetzt, die die Bedingung zur nochmaligen Erkrankung abgeben kann; die causale Beziehung zwischen der constitutionellen Lues und dem nochmaligen Auftreten der Iritis ist demnach keine ganz klare und konnten solche Fälle mithin nicht in die Reihe der übrigen gestellt werden. Ich beabsichtigte dieselben in gesonderter Gruppe am Schlusse der Abhandlung zu besprechen, bin aber leider nicht dazu gekommen.

Die einzelnen von mir benutzten Krankheitsgeschichten sind in den betreffenden Jahren von den derzeitigen Aerzten des Augenhospitals verfasst worden und können nicht nach allen Seiten hin auf Vollständigkeit Anspruch machen. Da die Aufgabe jedes Hospitals weit mehr nach der Seite der praktischen Hilfeleistung als nach der des Sammelns von wissenschaftlichem Material hin liegt, so müssen sich bei der starken Arbeitsbelastung, die den Arzt eines grossen Hospitals drückt, leicht Lücken in den Aufzeichnungen über den einzelnen Krankheitsfall einstellen. Der behandelnde Arzt macht seine Notizen eben nicht um allseitig vollständiges wissenschaftliches Material zu besitzen, sondern um während des Krankheitsverlaufs und für die Zukunft über das Wesen und den Gang der Krankheit unterrichtet zu sein. Namentlich aber wird er nicht immer so genaue Notizen aufzeichnen, dass sich die Beantwortung ganz specieller Fragen in jeder Krankheitsgeschichte finden lässt. Hieraus erklärt es sich, wenn ich weiter unten bei Wiedergabe des auf die einzelnen Punkte bezüglichen Materials die einzelnen Gesammtsummen der mir zu Gebote stehenden Fälle verschieden angebe; es finden sich dann nur in so viel Fällen genaue Notizen über den fraglichen Punkt.

Die ungemein umfangreiche Litteratur über die Iritis syphilitica habe ich nach Möglichkeit durchzuarbeiten und zu verwerthen mich bemüht. Wenn ich dennoch in Folgendem vielleicht manche nicht unwichtige Arbeit ausser Acht gelassen haben sollte, andere Arbeiten nicht nach den Originalen, sondern nur nach Referaten kennen gelernt und citirt habe, so bitte ich dieses damit zu entschuldigen, dass die Zeit drängte und sich mir mancherlei Schwierigkeiten bei Beschaffung der einzelnen Originalarbeiten in den Weg stellten.

So viel auch bereits über die Iritis syphilitica geschrieben worden ist, so bieten doch die Angaben der verschiedenen Autoren betreffs der relativen Häufigkeit der Iriserkrankung nach Acquisition der constitutionellen Syphilis, betreffs des Häufigkeitsverhältnisses zwischen nichtluetischer und luetischer Iritis, sowie der Vertheilung der letzteren auf die Geschlechter, die verschiedenen Altersstufen etc. nur wenig Uebereinstimmendes. Es scheint mir diese Thatsache darin ihren Grund zu haben, dass die Anzahl der beobachteten und in den betreffenden Arbeiten mitgetheilten Fälle meist eine nur geringe ist, die für statistische Schlussfolgerungen zu klein erscheint. Aus dem Umstande nun, dass mir eine relativ grosse Anzahl von Fällen syphilitischer Iritis vorliegt, ergiebt sich für mich die Berechtigung, dieselben statistisch zu verwerthen und glaube ich, dass die von mir eruirbaren statistischen Daten nicht unwesentlich zur richtigen Beantwortung eines Theils der erstgenannten Fragen beitragen werden. Leider nur eines Theils, da mir in Bezug auf das Häufigkeitsverhältniss der syphilitischen Iritis zur constitutionellen Syphilis, sowie zur nichtsyphilitischen Iritis ein diesbezügliches Material nicht zu Gebote stand.

Um eine annähernd richtige Verhältnisszahl der Häufigkeit des Auftretens der constitutionellen Syphilis einer- und der syphilitischen Iritis andererseits zu gewinnen wäre die Feststellung aller in St. Petersburg in einer Reihe von Jahren in den verschiedenen Hospitälern zur Beobachtung gekommenen Fälle beider Krankheiten nothwendig gewesen; eine Arbeit, die ungeheure Mühe bei voraussichtlich unbedeutendem und doch nicht ganz sicherem Erfolge erfordert hätte. Ein anderer Weg liesse sich glaube ich nicht finden. Jedenfalls lässt sich jene Verhältnisszahl nicht aus den im Ambulatorium einer Augenheilanstalt vorgekommenen Fällen eruiren, ebensowenig wie aus den eines Syphilishospitals. Wie Förster[1]) sehr richtig bemerkt, „werden die Aerzte der letzteren Anstalten die Iritis für eine seltene, die Aerzte der ersteren dagegen für eine häufige Form der secundären Syphilis zu halten geneigt sein; jene bekommen neben den anderen auch viele schwere tertiäre Formen zu Gesicht, bei welchen die Iritis selten ist und lassen ausserdem bei allen gleich eine antisyphilitische Cur eintreten, die die Entwickelung der Iritis hindert; bei diesen dagegen finden sich gerade die Iritiskranken, nicht das Heer der an leichteren Luesformen überhaupt Leidenden ein". — Die betreffs dieser Frage von den verschiedenen Autoren gegebenen Zahlen sind nun alle in einzelnen Hospitälern und Kliniken gewonnen, keine stützt sich auf eine für einen ganzen Ort angestellte Untersuchung der Summe der Syphiliskranken und der an syphilitischer Iritis Leidenden. Sonach können dieselben auch auf vollständige Richtigkeit keinen An-

---

1) Graefe-Saemisch, Handb. der gesammten Augenheilk. Bd. VII, 1 p. 188.

spruch machen. Sie stimmen übrigens ziemlich gut überein. Nach Fournier[1]) erkranken 3—4% aller Syphilitiker an Iritis; Hock[2]) nimmt nach den Angaben von Boeck (5,37%), Ole Bull (6%) und aus der Hebra'schen Klinik (0,8—4,5%) als Mittelzahl 4—5% an.

Sehr wenig Uebereinstimmung findet dagegen in Bezug auf die Frage statt: **wie oft sich die Iritis auf Syphilis als aetiologisches Moment zurückführen lasse.** Eine kurze Uebersicht einer Reihe von Angaben mag dies illustriren:

	Iritis in Summa.	Davon Iritis syphil. Anzahl.	%
Pagenstecher[3])	122	17	14,9
Arlt[4])	162	26	15,4
Wiener Klinik 1863—65[5])	199	60	30,1
Hasner[6])	81	34	41,9
Nettelship[7])	71	30	42
Schnabel[8])	180	79—87	43,8—48,3
Coccius u. Wilhelmi[9])	110	55	50
— (incl. Keratoiritis)	184	61	33,1
Wecker[10])	(ohne Zahlenangabe)		50—60
Wecker[11])	(desgl.)		60—70
Mauthner[12])	(desgl.)		60

Hieraus ist ersichtlich, wie sehr die Angaben differiren. Selbst wenn wir die durch keine Zahlenbelege gestützten Procentsätze der beiden letzten Autoren fortlassen, bleibt die Differenz noch eine recht grosse. Eine wahrscheinlich richtige Zahl für das Verhältniss der syphilitischen zur nichtsyphilitischen Iritis lässt sich jedenfalls aus diesen Angaben nicht finden. Leider vermag ich zur Lösung der

---
1) Journal d'Ophthalmologie, I, p. 495. 1872.
2) Wiener Klinik 1876. Heft 3 u. 4.
3) Klin. Beobacht. aus der Augenheilanstalt zu Wiesbaden 1861 u. 1862.
4) Die Krankheiten des Auges Th. II p. 47.
5) Bericht über die Augenklinik d. Wiener Universität. 1867.
6) cf. Zehender, Handb. der Augenheilk. 1874. I, 556.
7) Nagel's Jahresbericht pro 1876 p. 288.
8) Archiv für Augen- u. Ohrenheilk. Bd. V, 1 p. 101.
9) Die Heilanstalt für arme Augenkranke zu Leipzig 1870. p. 130.
10) Traité théorique et pratique des maladies des yeux. 1867. p. 367.
11) Graefe-Saemisch, Handb. d. Augenheilk. Bd. IV, 2, p. 503.
12) cf. Zeissl, Lehrbuch der Syphilis 1875.

Frage nicht beizutragen, da mir nur Material aus der stationären Abtheilung des Hospitals zu Gebote stand, das zum erwähnten Zweck nicht verwerthbar ist, da die an syphilitischer Iritis Leidenden der mercuriellen Behandlung wegen natürlich viel häufiger Aufnahme finden, als die an Iritis anderweitigen Ursprungs Erkrankten. Als Beleg dafür brauche ich nur anzuführen, dass von den in der Wiener Klinik (1863—1865) stationär behandelten 66 Iritiden 37 specifischer Natur waren, letztere also die anderen Iritiden nicht unbedeutend an Zahl übertrafen, während der für dieselben aus dem Ambulatorium angeführte Procentsatz nur 30,1 betrug.

In welcher Weise sich die syphilitische Iritis auf die Geschlechter vertheilt, lässt sich aus den bisherigen Angaben ebenfalls nicht mit Sicherheit eruiren, da dieselben wiederum nicht unerheblich von einander abweichen. Ich gebe in Folgendem eine Zusammenstellung der mir zugänglichen Zahlenangaben, indem ich für jede einzelne zum leichteren, übersichtlicheren Vergleich mit den anderen berechnet habe, wie viel Weiber demgemäss auf 100 Männer erkranken:

	Anzahl. M.	W.	Berechnet. M.	W.
Arlt (l. c.)	9	17	100	188
Wiener Klinik 1863—65	30	30	100	100
Schön[1]	38	27	100	71
Coccius u. Wilhelmi (l. c.)	29	26	100	89
Schmidt[2]	10	24	100	240
Nettelship (l. c.)	15	15	100	100
Hock (l. c.)	18	8	100	44
Drognat-Landré[3]	43	7	100	16

Hinzuzufügen sind hier noch die von verschiedenen hervorragenden Autoren für die Iritis im Allgemeinen gemachten Angaben, die wahrscheinlich auch auf die syphilitische zu beziehen sind, dass nämlich den Geschlechtern kein besonderer Einfluss auf das leichtere oder schwerere Zustandekommen der Iritis zuzuschreiben sei (Stellwag[4]) oder das männliche Geschlecht etwas häufiger von derselben

---
1) Beiträge zur prakt. Augenheilk. Hamburg 1861.
2) Beiträge zur Kenntniss d. Iritis syphil. Berl. klin. Woch. 1872 № 23.
3) Annales d'oculistique. T. 73. p. 251—264. 1875.
4) Handb. d. prakt. Augenheilk. 1870 p. 283.

betroffen werde (v. Ammon, Hasner, Ruete)[1]). Hiermit wurden aber nur zwei oder drei der obigen Zahlen stimmen, die anderen zeigen theils zu Gunsten des männlichen, theils zu Gunsten des weiblichen Geschlechts ein bedeutendes Ueberwiegen.

Aus dem mir vorliegenden Material ergiebt sich nun, dass in 240 Fällen 166 Männer und 74 Weiber an syphilitischer Iritis erkrankt waren. Diese Zahlen entsprechen aber nicht ohne Weiteres dem wahren Verhältniss der Erkrankung beider Geschlechter. Es ist zu berücksichtigen, dass in St. Petersburg ein ausgesprochenes Vorwalten der männlichen Bevölkerung und zwar namentlich im Alter der vollen Entwickelung und der grössten geschlechtlichen Energie besteht. Da nun die Erkrankung an Syphilis hauptsächlich in diesem Alter stattfindet und das Auftreten der syphilitischen Iritis sich dem entsprechend verhalten muss, so erscheint die Berücksichtigung der relativen Anzahl der beiden Geschlechter in der Bevölkerung zur Eruirung einer richtigen Verhältnisszahl für die Erkrankung derselben an Iritis durchaus geboten. — In der Columne IV der nachstehenden Tabelle habe ich nun die absolute Anzahl der Erkrankungsfälle (Columne I), die ohne Berücksichtigung des in Columne III gegebenen numerischen Verhältnisses der beiden Geschlechter in der Bevölkerung St. Petersburgs die in Columne II verzeichnete relative Erkrankungszahl der beiden Geschlechter vortäuschen würde, auf die Zahlen der Col. III reducirt. Die IV. Col. giebt somit die richtige relative Erkrankungszahl der Geschlechter. Ich habe dieselbe nicht nur für die Gesammtzahl (Alter von 15—70) berechnet, sondern auch für die einzelnen Decennien, deren Besprechung weiter unten folgt, für letztere jedoch auch nur in den drei Decennien vom 20.—50. Jahre, weil in den übrigen mir zu kleine Zahlen vorlagen. Alle Brüche sind bei der Berechnung als hier unwesentlich fortgelassen worden.

---

1) cf. Zehender l. c. p. 554.

Alter.	I. Anzahl.		II. Im Verhältniss.		III [1]). Numerisches Verhältniss der Geschlechter in der Bevölkerung St. Petersburgs.		IV. Auf Col. III reducirte Verhältnisszahl der Erkrankungen.	
	M.	W.	M.	W.	M.	W.	M.	W.
0—15	0	0	—	—	—	—	—	—
15—20	6	5	—	—	—	—	—	—
20—30	75	32	100 : 43		100 : 58,5		100 : 73	
30—40	57	19	100 : 33		100 : 76		100 : 43	
40—50	25	12	100 : 48		100 : 85,5		100 : 56	
50—60	1	4	—	—	—	—	—	—
60—70	2	2	—	—	—	—	—	—
70—80	0	0	—	—	—	—	—	—
15—70	166	74	100 : 45		100 : 72,5		100 : 61	

Die für die Gesammtzahl der Krankheitsfälle, die sämmtlich zwischen dem 15.—70. Lebensjahr Statt hatten, mit Berücksichtigung des numerischen Verhältnisses der Geschlechter in der Bevölkerung gewonnene Verhältnisszahl der Erkrankung beider Geschlechter zeigt uns hiernach, dass nahezu zweimal soviel Männer als Weiber an syphilitischer Iritis erkrankten; ein Resultat, welches weder mit den allgemeinen Angaben noch mit den aus den oben angeführten Zahlenangaben der früheren Autoren berechneten Verhältnisszahlen übereinstimmt. Den letzteren gegenüber spricht dasselbe durch die Grösse der Zahlen, auf welche es basirt, genügend für sich selbst; es lässt sich aber allerdings die Frage aufwerfen, ob die von mir gefundene Verhältnisszahl auf allgemeine Gültigkeit Anspruch erheben kann oder nur für St. Petersburg sichere Geltung hat, — eine Frage, die sich, so lange andere grössere Zahlenangaben fehlen, nicht beantworten lässt.

Bedingt könnte nun jenes Erkrankungsverhältniss der beiden Geschlechter durch ein gleiches Erkrankungsverhältniss derselben für die constitutionelle Syphilis sein. Ein solches findet aber, soviel mir bekannt ist, nicht statt; es erkranken ungefähr gleich viel Männer als Weiber an Syphilis. Diese Thatsache fand ich bestätigt bei Durch-

---

[1]) Volkszählung vom Jahre 1869; Ausgabe des stat. Centralcomités.

sicht der für alle Hospitäler St. Petersburgs (1878 und 1879) wöchentlich veröffentlichten Angaben der Anzahl aller venerischen Kranken.

Können wir aber in der Syphilis nicht das bedingende Moment für jenes Erkrankungsverhältniss sehen, so müssen wir annehmen, dass dasselbe in der Disposition der beiden Geschlechter zur Erkrankung an Iritis syphilitica begründet ist.

Welche Momente sind es nun, die das männliche Geschlecht als in viel höherem Grade zu dieser Erkrankung disponirt erscheinen lassen? — Mir scheint, dass wir dieselben in äusseren Umständen, in der Verschiedenartigkeit der Lebensweise der beiden Geschlechter zu suchen haben. Der grösste Theil der Patienten unseres Hospitals gehört den niederen Klassen der Bevölkerung an. In diesen sind die im Freien, in Fabriken, in oft höchst unhygieinisch eingerichteten Werkstätten arbeitenden Männer weit mehr als die Weiber allen möglichen mechanischen, physikalischen, chemischen oder functionellen Schädlichkeiten, die auf das Auge einwirken können, ausgesetzt. Besonders mögen vielleicht für St. Petersburg, dessen höchst ungünstiges Klima bekannt ist, die sog. Erkältungseinflüsse zu beachten sein. Dazu ist endlich zu berücksichtigen, dass der Ueberschuss der männlichen Bevölkerung über die weibliche in St. Petersburg gerade durch den in die Residenz stattfindenden Afflux von Arbeitern, also solchen Männern, die sich den obigen Schädlichkeiten besonders aussetzen, hervorgerufen wird. — In diesen Schädlichkeiten oder Gelegenheitsursachen nun ist, glaube ich, der Grund für das häufigere Auftreten der syphilitischen Iritis bei Männern zu suchen. Da es eine bekannte Thatsache ist, dass durch ungünstige hygieinische Bedingungen und Schädlichkeiten verschiedener Art die latent gewordene Syphilis wieder manifest werden kann, so müssen wir auch annehmen, dass, wie bereits von den meisten Autoren angeführt wird, durch Gelegenheitsursachen das Auftreten auf syphilitischer Basis beruhender Iritis begünstigt und beschleunigt werden kann. Wird uns dies als erwiesen zugegeben, so können wir auch folgerichtig behaupten, dass diejenigen an Syphilis leidenden Personen, die ihre Augen jenen Schädlichkeiten mehr aussetzen als andere, auch häufiger an syphilitischer Iritis erkranken werden; dies sind aber wie gesagt die Männer. Zu bemerken ist, dass hiernach die Gelegenheitsursachen in der Aetiologie der Iritis syphilitica eine grössere Rolle zu spielen scheinen, als man bisher angenommen hat.

Betrachten wir jetzt das Erkrankungsverhältniss der beiden Geschlechter in den einzelnen Decennien, mit Hinweglassung der vor dem 20. und nach dem 50. Jahre Erkrankten, für welche zu kleine Zahlen vorhanden sind, so zeigt sich, dass im 20.—30. Jahre auf 100 Männer relativ weit mehr Weiber erkranken als in den folgenden zwei Decennien. Während im 20.—30. Jahre auf 100 Männer 73 Weiber erkranken, kommen im 30.—40. auf 100 Männer 43 Weiber, im 40.—50. auf 100 Männer 56 Weiber. Um die Ursache, die diesem Verhältniss zu Grunde liegt, finden zu können, müssen wir zunächst sehen, wie sich das Verhältniss der Syphilisinfection bei den Weibern stellt und zwar besonders bei den Prostituirten, da diese das Hauptcontingent der syphilitischen Weiber in den Hospitälern ausmachen und für sie allein sich sichere Zahlen finden lassen. Nach Sperck[1]) erkranken von den in Bordellen und einzeln lebenden Prostituirten, die unter polizeilicher Controle stehen, nach dem 30. Jahre fast gar keine mehr an primärer Syphilis, dagegen findet bei den sich freiwillig im Hospital meldenden heimlichen Prostituirten, welche die Prostitution nicht als ausschliessliches Gewerbe treiben, circa ein Viertel der Fälle primärer Erkrankung nach dem 30. Jahre statt. Für die Infection der Frauen in den Familien existiren natürlich keine Zahlenangaben; dieselbe wird aber jedenfalls, da sie von verschiedenen Momenten: der Zeit der Infection des Mannes, der Eheschliessung etc. abhängt, nicht selten nach dem 30. Jahre stattfinden. Da nun ferner von den im Bordell und einzeln lebenden polizeilich überwachten Prostituirten nach P. Duchatelet's Daten für Paris 56 % ihr Gewerbe nicht länger als 4 Jahre an demselben Ort treiben, denselben also meist noch vor dem 30. Jahre verlassen, die ihre Stelle Ersetzenden aber denselben Bedingungen der baldigen primärsyphilitischen Erkrankung und des raschen Wechsels unterliegen, so ist uns hier eine ganze Klasse von Weibern gegeben, die bei häufigem Wechsel der Individuen stets bis zum 30. Jahr Syphilis acquiriren. Darnach lässt sich mit grosser Wahrscheinlichkeit erwarten, dass die Erkrankungszahl der Männer in Bezug auf constitutionelle Syphilis gegenüber derjenigen der Weiber im 3. Decennium eine relativ kleinere sein wird als in den späteren. Nun folgt aber die Iritis ziemlich bald, meist $1/_2$—1 Jahr nach der primärsyphilitischen Erkrankung, sie wird sich also auch nach dem

---

1) St. Petersb. med. Wochenschr. 1878. № 14 u. ff.

obigen Verhältniss richten und wir würden so eine Erklärung für die relativ hohe Zahl der syphilitischen Iritiden weiblicher Individuen im 3. Decennium gefunden haben. Es könnte allerdings auch das Moment noch in Betracht kommen, dass eine im Verhältniss zu den späteren Decennien bedeutendere Anzahl gerade der im 3. Decennium stehenden, an Iritis syphilitica erkrankenden Weiber aus jener mehrfach erwähnten Klasse stammen und dass bei diesen durch ihre dem Gewerbe entsprechende Lebensart mehr Gelegenheitsursachen zur Erkrankung an Iritis gegeben sind.

Bei den 240 Individuen vertheilte sich die Iritis in folgender Weise auf beide Augen:

Auge.	Männer.	Weiber.	Summa.
Rechts	75	33	108
Links	62	22	84
Beide	29	19	48

Das rechte Auge wurde also sowohl bei den Männern als bei den Weibern weit häufiger ergriffen als das linke, welches nach den älteren Angaben von Ammon und Arlt das öfter afficirte sein soll. In den Fällen von Schmidt (l. c.) und Hock (l. c.) war ebenfalls das rechte viel häufiger befallen.

Ob, wie die meisten Autoren angeben, die Iritis syphilitica besonders gern auch das andere zunächst nicht erkrankte Auge befällt und wie aus Coccius und Wilhelmi's Zahlen hervorgeht, verhältnissmässig häufiger binoculär auftritt als die Iritis aus anderen Ursachen, darüber lässt sich aus meinem Material wenig eruiren, da das Zahlenverhältniss der an beiden Augen Erkrankten zu den Uebrigen durchaus nicht massgebend ist. Die gerade bei Iritis nicht selten starken Entzündungs- und Reizsymptome veranlassen die Kranken meist frühzeitig in Behandlung zu treten und von dem Zeitpunkt des Beginns der mercuriellen Behandlung wird die Erkrankung des anderen Auges natürlich immer unwahrscheinlicher. — Wenn die Iritis syphilitica aber auch schon relativ häufig beide Augen befällt, so bleibt doch immerhin noch die Thatsache sehr auffallend (cf. Wecker l. c.), dass dieselbe, obgleich ihre Entstehung auf eine Diathese zurückzuführen ist, gar nicht so selten ohne Behandlung recht lange nur auf einem Auge besteht, bevor es zur Erkrankung des anderen kommt oder ohne dass letzteres überhaupt afficirt wird. Eine gleichzeitige Erkrankung beider Augen findet bekanntlich nur selten statt (Arlt, Hasner, Schmidt, Hock kein Mal; Boeck in 126 Fällen 8 Mal, Drognat-Landré bei 25 beiderseitigen Iritiden auffallender Weise 6 Mal); gewöhnlich folgt die Erkrankung des zuerst frei gebliebenen Auges erst nach einigen Tagen, in 2 Fällen aber (unter 12) fand ich ein 20 Tage und 1½ Monate langes Bestehen der Iritis bis zur Erkrankung des anderen Auges. — Von an einseitiger Iritis leidenden Patienten waren in 131 Fällen erkrankt:

   67 vor 1— 8 Tagen
   38 „ 8—14 „
   17 „ 14—21 „
    2 „   28 „
    2 „   42 „
    2 „   60 „
    1 „   90 „

Hieraus ist ersichtlich, dass öfters 2—3 Wochen vergehen, ohne dass sich die Iritis auch auf dem anderen Auge etablirt und bei den 2—3 Monate lang sich auf einem Auge haltenden Iritiden scheint die Neigung des Uebergehens wohl recht gering.

Gegenüber der Behauptung von Arlt, dass bei beiderseitiger Erkrankung meist das linke Auge zuerst ergriffen wird, muss ich schliesslich noch anführen, dass in 10 Fällen beiderseitiger Iritis 9 Mal das rechte und nur 1 Mal das linke zuerst erkrankt war. Für das häufigere Auftreten dieser Reihenfolge der Erkrankung beider Augen würde a priori auch das an sich häufigere Auftreten der Iritis auf dem rechten Auge sprechen.

Wenn auch bereits allgemein, wenigstens die nichtgummöse syphilitische Iritis zu den frühzeitigeren Symptomen der constitutionellen Syphilis gezählt wird, so scheint mir doch bisher nicht genügend auf die Seltenheit aufmerksam gemacht worden zu sein, mit welcher die Iritis in der späteren sogenannten tertiären Periode der Syphilis beobachtet worden ist. Da letztere, wenn auch gewöhnlich erst einige Jahre nach der Infection beginnend, doch nicht zeitlich bestimmt ist, sondern von dem Zeitpunkte der Erkrankung gewisser Organe an gerechnet werden muss, so können wir nur die Fälle von Iritis als in die Zeit der tertiären Periode fallend rechnen, wo sich gleichzeitig Erkrankungssymptome jener Organe finden. Solcher Fälle aber, wo gleichzeitig mit der Iritis Ecthyma, Rhypia, Tophi der Knochen, Gumma des Hodens etc. nachgewiesen worden sind, lassen sich meines Wissens nur sehr wenige [1]) (cf. Arlt l. c., Schmidt l. c., Lewin [2]) in der Litteratur finden, wenn auch zu berücksichtigen ist, dass manche Autoren ihre dahingehenden Erfahrungen nicht ausführlich, sondern nur in allgemein gehaltenen Aussprüchen mitgetheilt haben. Das mir vorliegende Material lässt das Auftreten zunächst der nichtgummösen Iritis in der tertiären Periode der Syphilis als durchaus selten erscheinen; fast alle Erkrankungen fielen in den Zeitraum des ersten Jahres nach der Infection und zwar in bedeutend überwiegender Menge der ersten Hälfte desselben, wo bekanntlich die tertiären Symptome der Syphilis noch nicht auftreten und von den 2—8 Jahre nach der Infection entstandenen Iritiden lassen sich auch nur 2 Fälle zur tertiären Periode der Syphilis rechnen. In 126 hierhergehörigen Fällen trat die syphilitische Iritis auf:

2— 6 Monate nach der syphil. Primäraffection 88 Mal
6—12 „ „ „ „ 25 „
2 Jahre „ „ „ 5 „
3 „ „ „ „ 2 „
4 „ „ „ „ 2 „
5 „ „ „ „ 1 „
8 „ „ „ „ 3 „

Bei dem bei weitem überwiegenden Theil der bis zu einem Jahr nach der syphilitischen Primäraffection aufgetretenen Fälle von Iritis bestanden die gleichzeitig vorhandenen übrigen Symptome der constitutionellen Syphilis in oberflächlichen Hautsyphiliden (darunter bei etwa 75% Exanthema papulosum), sonst liessen sich Schwellung der Lymphdrüsen, Angina, Pharyngitis, selten noch das primäre

---

[1] Drognat-Landré (l. c.) hat relativ sehr viel Fälle von spät nach der syphil. Primäraffection aufgetretenen Iritiden (18 unter 35) beobachtet. Leider giebt er bei denselben nicht an, was für sonstige Symptome der constitutionellen Syphilis die Iritis begleiteten.
[2] Die Behandlung d. Syphilis mit subcut. Sublimatinjectionen 1869.

Ulcus nachweisen. Im Uebrigen waren nur in den zwei erwähnten Fällen (3 und 4 Jahre nach der Infection) gleichzeitig tiefe Geschwüre, resp. Narben der Haut und des weichen Gaumens vorhanden, sonst nur oberflächliche Hautsyphilide (7 Mal, darunter 2 Mal Condylomata lata), Angina und Lymphdrüsenschwellung; in zwei Fällen, wo sich nur die letzteren nachweisen liessen, gaben die Patienten an, vor einigen Monaten an Exanthem gelitten zu haben.

Die Häufigkeit des gleichzeitigen oder nahezu gleichzeitigen Auftretens der Iritis und der oberflächlichen Hautsyphilide gerade in Fällen von Spätererkrankung an Iritis erscheint mir sehr beachtenswerth. Einerseits illustrirt dieselbe die Thatsache, dass die Iritis sich gleich den übrigen secundären oder frühzeitigeren Syphilissymptomen verhält, wenn sie in einer geringen Zahl von Fällen relativ spät auftritt, andererseits scheint aus derselben hervorzugehn, dass es sich bei Spätererkrankungen an Iritis meist um solche Individuen handelt, bei welchen die Reihe der secundären Symptome ungewöhnlich langsam abläuft.

Ganz dasselbe nun, was für die nichtgummöse Iritis syphilitica gilt, gilt nach meinen Ermittelungen auch für die Iritis gummosa betreffs ihres zeitlichen Auftretens nach der syphilitischen Primäraffection und ihres Verhaltens zu den übrigen Symptomen der constitutionellen Syphilis. Es ist wichtig dies besonders zu constatiren, da nach Ansicht einiger hervorragender Ophthalmologen wie Mooren[1]) und Wecker[2]) die gummöse Iritis in der tertiären Periode oder „in der Uebergangsperiode der secundären zu den tertiären Symptomen der Syphilis" aufzutreten pflegt. Meist sollen, nach Wecker, die an derselben leidenden Kranken „auch andere Zeichen inveterirter Infection, so insbesondere knotige Hauteruptionen, Knochenanschwellungen etc." darbieten. Ich stütze meine gegentheilige Ansicht auf folgende 46 Fälle, in welchen das Auftreten der gummösen Iritis stattfand:

3 Wochen—6 Monate nach der syphil. Primäraffection 20 Mal
6—12 „ „ „ „ 8 „
2 Jahre „ „ „ 1 „
Nicht notirt war der Termin der „ 13 „
Geleugnet wurde jede syphilit. „ 4 „

1) Ophthalmiatrische Beobachtungen, 1867, p. 140.
2) Graefe-Saemisch, Handb. d. Augenheilk. 1876. Bd. IV Th. 2 p. 496.

In keinem dieser Fälle liessen sich tertiäre Syphilissymptome constatiren, auch die 2 Jahre nach der Primäraffection aufgetretene Iritis war nur von Exanthem der Haut und Drüsenschwellung begleitet. Im Speciellen fanden sich bei den ersten 29 Fällen:

Ulcus induratum .. . . 2 Mal
Oberflächliche Hautsyphilide . . . . 13 „
(darunter 9 Mal Exanthema papul.)
Allgemeine Drüsenschwellung . . . . 8 „
Angina nebst allgemeiner Drüsenschwellung 3 „
Unbekannt . . . . 3 „

In jenen Fällen, wo eine Notiz über den Termin der Primäraffection nicht gemacht worden war, fanden sich:

Oberflächliche Hautsyphilide . . . . 10 Mal
(darunter Condylome 2, Roseola 1, Exanth. papul. 7)
Angina nebst allgemeiner Drüsenschwellung . . . . 1 „
Unbekannt . . . . 2 „

Von den 4 Fällen, in denen die Primäraffection geleugnet wurde, liess sich die Diagnose der constitutionellen Syphilis mit grosser Wahrscheinlichkeit 3 Mal aus dem gleichzeitig vorhandenen papulösen Exanthem, 1 Mal aus der allgemeinen Schwellung der Lymphdrüsen sichern.

Ich werde noch weiter unten Gelegenheit haben auf die Stellung der Iritis gummosa in der Reihe der Syphilissymptome einzugehen.

Der allgemein bekannte und vielfach beschriebene Symptomencomplex der Iritis syphilitica bietet in den einzelnen Fällen doch soviel grössere oder geringere Abweichungen, dass man bei sorgfältiger Beobachtung und Vergleichung aller einzelnen Symptome zu dem Resultate von Drognat-Landré kommen muss, der als einziges allen seinen Fällen von Iritis syphilitica gemeinsames Symptom nur die Episcleralinjection ansehen konnte. In älterer Zeit (Beer u. A.) wollte man in der eigenthümlich zackigen und nach oben und innen verzogenen Form der Pupille ein stets und nur bei syphilitischer Iritis auftretendes Symptom gefunden haben, diese Anschauung wurde aber schon von Ruete[1]) und seinen Zeitgenossen nicht mehr getheilt. Später glaubte Arlt (l. c.) in dem heftigen bohrenden Schmerz in der Gegend des Sinus frontalis, der Tags über intermittirend oder remittirend, des Abends oder Nachts zu ungewöhnlicher Heftigkeit sich steigert, ein so hervorragendes Symptom sehn zu müssen, dass bei Vorhandensein desselben man genügenden Grund haben sollte Syphilis als Ursache der Iritis zu vermuthen. Er constatirte selbst bereits Ausnahmen von dieser Regel und jetzt wird wohl kaum Jemand mehr auf jenes Symptom einen besonderen differentialdiagnostischen Werth legen. — So sehr man überhaupt bestrebt gewesen ist ein der Iritis syphilitica allein zukommendes, charakteristisches Symptom zu finden, so wenig ist das gelungen; sie bietet wohl oft manche Anhaltspunkte für die Diagnose des Grundleidens durch das häufig schleichende Eintreten, die oft parenchymatöse Form der Entzündung, das Auftreten von Gummata oder sog. Condylomen; so wenig aber diese Symptome immer vorhanden sind, so wenig lässt sich aus ihrem Vorhandensein mit Sicherheit auf Syphilis als Basis der Iritis schliessen. Der syphilitische Character der Iritis lässt sich mit Sicherheit nur erkennen aus den gleichzeitig am Körper des Patienten nachweisbaren anderen Symptomen der constitutionellen Syphilis oder bei Abwesenheit derselben aus der Anamnese und der alleinigen Wirksamkeit der antisyphilitischen Therapie. Es kann dies um so weniger überraschen, als auch für die übrigen frühzeitigeren oder secundären Symptome der constitutionellen Syphilis sich kein Characteristicum hat finden lassen, aus dem die syphilitische Basis des betreffenden Symptoms mit Sicherheit zu erschliessen wäre. Wohl hat man für einzelne derselben gewisse Eigenthümlichkeiten constatiren können, wie die Kupferröthe und das Nichtjucken der Hautsyphilide, ihre Neigung zu ringförmiger Anordnung, die Hufeisen- oder Nierengestalt der Hautgeschwüre etc., keine einzige dieser Charactereigenthümlichkeiten kommt aber ausschliesslich ihnen zu, so dass man stets die Diagnose der Syphilis aus der Anamnese, dem Zusammenhalt aller Symptome, dem zeitlichen Auftreten derselben nacheinander, der alleinigen Wirksamkeit der antisyphilitischen Therapie etc. stellen muss.

---

[1]) Lehrbuch der Ophthalmologie 1851.

Immerhin bleiben diese Charactereigenthümlichkeiten von grossem Werth für die Diagnose und in gleicher Weise müssen jene für die Iritis syphilitica angeführten diagnostischen Anhaltspunkte berücksichtigt werden, obgleich sie leider zum Theil viel inconstanter und unsicherer sind. Wenn auch sehr häufig bei ihr ein **schleichendes Auftreten**, eine langsame Cumulation der Symptome sich zeigt, so lässt sich doch nicht selten schon am 2.—3. Tage eine bedeutende Höhe aller Reiz- und Entzündungserscheinungen constatiren. Ebenso findet man die Iris durchaus nicht immer im Zustande **parenchymatöser Entzündung**; ob es in diesen Fällen bei längerer Dauer vielleicht noch zu derselben kommen würde, wird schwer halten zu entscheiden, da man nach Diagnosticirung der Iritis als einer syphilitischen nicht wohl mit dem Beginn einer antisyphilitischen Cur wird zögern können. Dafür würde sprechen, dass man nach längerem Bestehen der Iritis ohne Behandlung stets Infiltration und Schwellung des Irisgewebes nachweisen kann. Wie häufig die Iritis syphilitica in parenchymatöser Form auftritt, ist schon daraus ersichtlich, dass es fast immer rasch zur Bildung fester, hinterer Synechien kommt. Unter meinen Fällen war nur etwa der achte Theil ohne Synechienbildung verlaufen und zwar hatte hier meist gleich oder nach wenigen Tagen die Behandlung mit Atropin begonnen; nur in einzelnen dieser Fälle war es selbst nach 7—14 tägiger Dauer noch nicht zur Synechienbildung gekommen. Dass die in das Gewebe der Iris stattfindende Infiltration sehr plastisch, organisationsfähig ist, geht daraus hervor, dass in etwa $^3/_4$ der Fälle, in denen sich Synechien gebildet hatten, keine oder doch nur theilweise Lösung derselben auf Atropingebrauch eintrat. Letztere hängt natürlich auch von der Ausdehnung der Synechien ab und demgemäss war bei totaler oder fast totaler Synechienbildung nie eine Rückbildung derselben zu constatiren, während schmälere, kleinere Synechien bisweilen (in 3 Fällen) selbst an der Stelle wo Gummata bestanden hatten leichter zur Lösung kamen.

Von grösserer Bedeutung für die Diagnose der syphilitischen Iritis, als die beiden vorhergehenden Symptome ist das Vorhandensein des sogenannten **Condyloms oder gummösen Knötchens in der Iris**. Leider tritt dasselbe aber nur in einer relativ geringen Anzahl von Fällen auf. Dass sich dasselbe nicht, wie Beer annahm, in jedem Falle bei Vernachlässigung oder fehlerhafter Therapie schliesslich entwickelt, zeigen die p. 13 und 52 angeführten Fälle, wo es selbst nach 2—3-monatlichem Bestehen der syphilitischen Iritis nicht zur Gummaentwicklung kam. Im Ganzen fand letztere unter meinen 240 Fällen 46 Mal, also in 19% der Fälle statt und erscheint hiernach der von Mooren für dieselbe angegebene, von Mauthner acceptirte Procentsatz (25%) etwas zu hoch gegriffen. Welchen von beiden Zahlen man aber auch den Vorzug geben würde, so zeigen doch beide deutlich, dass bei dem relativ seltenen Auftreten des Gumma seine diagnostische Bedeutung für die Iritis syphilitica nur eine beschränkte sein kann.

Von grosser Wichtigkeit bleibt aber nichtsdestoweniger die in neuerer Zeit wieder mehrfach aufgenommene Frage: ob sich aus dem Vorhandensein des gummösen Knötchens in der Iris klinisch mit Sicherheit auf den syphilitischen Character der Iritis schliessen lasse oder nicht? Die Antwort auf diese Frage ist gegenüber der früher herrschenden Ansicht gerade in neuerer Zeit von Mauthner (l. c.), Wecker (l. c.), Galezowsky[1], Schmidt (l. c.) und Hock (l. c.) in bejahendem Sinne gegeben worden, von Wecker allerdings mit der Einschränkung „wenn die Diagnose der Irisgeschwulst richtig gestellt ist". Hierin aber liegt gerade die Schwierigkeit. Soll das Gumma iridis ein untrügliches Characteristicum der syphilitischen Iritis sein, soll man aus dem Vorhandensein desselben die Diagnose der Iritis als einer syphilitischen auch ohne Allgemeinuntersuchung sichern können, so muss man doch vor Allem den gummösen Character des fraglichen Irisknötchens absolut sicher festzustellen vermögen. Mir scheint nun Letzteres nicht möglich, weshalb ich auch bereits oben jene Frage in negirendem Sinne beantwortet habe. Die Gründe für meine Ansicht will ich in Folgendem darzulegen versuchen.

Nicht die Syphilis allein kann zur Knötchenbildung in der Iris führen; es werden bei letzterer, wenn wir aus dem Befunde am Auge ohne Berücksichtigung des Allgemeinzustandes die Diagnose stellen wollen, die ganze Reihe der theils selbstständigen, theils aus dyskrasischer Ursache hervorgegangenen Iristumoren in Frage kommen. Von diesen sind nur die krebsartigen Neubildungen, die Naevi und Cysten nach Erreichung einer gewissen Grösse durch ihr Aussehen scharf characterisirt; die übrigen stellen sich alle unter dem Bilde eines bald mehr grauen, bald mehr gelblichen Knötchens dar, das

---

[1] cf. Nagels Jahresbericht pro 1870. pag. 298.

an seiner Oberfläche mehr oder weniger vascularisirt ist. Für den Tuberkelknoten der Iris glaubte Jacobson[1]) eine fast weisse Farbe und scharf kreisrunde Form als Characteristicum ansehen zu müssen; in einem später von Weiss[2]) mitgetheilten Fall findet sich diese Annahme aber nicht bestätigt. Ebensowenig bietet die Anzahl der Knötchen und ihre Entwickelung einen sicheren Anhaltspunkt für die Unterscheidung, mehr dagegen der Sitz derselben. Das Lepraknötchen entwickelt sich nur aus den peripheren Theilen der Iris; ebenso meist das Tuberkelknötchen, doch fanden sich in dem von Gradenigo[3]) angeführten Falle einige derselben auch „am innern Rande" der Iris. Auch das Granulom scheint seinen Ursprung stets in der Irisperipherie zu haben. Diesen gegenüber entsteht bekanntlich das Gumma iridis meist am Pupillarrande oder doch im kleinen Iriskreise, doch findet die Entwickelung gar nicht selten (s. u. pg. 26) auch in den peripheren Theilen der Iris statt; stets ist das der Fall bei der Iridochoroiditis gummosa.

Auch die die Knötchenbildung begleitende Iritis kann sowohl bei constitutioneller Syphilis, wie auch sonst so verschieden sein oder fehlen, dass aus derselben kein sicheres differentialdiagnostisches Moment gewonnen werden kann. Selbst im späteren Verlauf lässt sich nicht mit Sicherheit die gummöse Iritis erkennen, da auch bei ihr eine excessive Entwickelung des Knotens mit allmählichem Ausgang in Atrophie des Bulbus stattfinden kann, ähnlich wie bei lepröser[4]) und tuberculöser (cf. Weiss l. c.) Iritis und ferner es auch bei jener zur Granulombildung kommen kann[5]). Ebensowenig liegt in der bisweilen auch ohne mercurielle Therapie beobachteten Rückbildung des Gumma etwas Characteristisches und endlich würde nicht einmal die Unwirksamkeit oder sogar scheinbar ungünstige Wirkung der mercuriellen Therapie mit Sicherheit Syphilis ausschliessen lassen, wie uns die Fälle von Alfred Graefe[6]) und Schmidt (l. c.) lehren.

Wir sehen also, dass im gegebenen Falle die Differentialdiagnose zwischen Iritis gummosa einerseits und Iritis leprosa, tuberculosa und Granuloma iridis andererseits sich aus dem Befunde am Auge

---

1) cf. Wecker in Gräfe-Saemisch's Handb. d. Augenheilk. p. 557.
2) Graefe's Archiv f. Ophthal. Bd. XXIII, 4 p. 141.
3) cf. Wecker, l. c. p. 555.
4) Desmarres, Traité des maladies des yeux T. II, p. 501.
5) Berthold; Ein Fall von Granuloma iridis. Graefe's Archiv, XVII. p. 193.
6) Archiv für Ophthalmol. Bd. VIII, 1 p. 288.

nicht mit Sicherheit stellen lässt. Es muss somit stets die Untersuchung des Allgemeinzustandes erfolgen und wird das positive Ergebniss derselben für die Diagnose entscheidend sein. Bei, natürlich auch in anamnestischer Beziehung negativem Resultat dagegen, wenn keine der genannten Dyskrasien sich nachweisen lässt und auch keine Tendenz excessiver Wucherung ausserdem vorliegt, tritt die Frage an uns heran, ob wir gegen Anamnese und Allgemeinbefund uns für Syphilis entscheiden oder idiopathische oder rheumatische Iritis als Ursache der Knötchenbildung ansehen können. Mir scheint, dass Schmidt (l. c.) diese Frage im Auge hatte als er die einzelnen Fälle von „Iritis condylomatosa", die in der Litteratur als „nicht syphilitischen Ursprungs" mitgetheilt sind, einer Kritik unterzieht, wenigstens lässt er die oben von mir berührten Ursachen der Iritis mit Knötchenbildung ganz bei Seite. Er findet, abgesehen von den allgemein gehaltenen Angaben verschiedener Autoren, in der Litteratur nur von Arlt und Mooren 3 Fälle verzeichnet, die dafür angeführt werden, dass „Condylome der Iris auch bei nichtsyphilitischen Individuen auftreten können" und schliesst aus den Angaben, dass in zweien dieser Fälle Syphilis durchaus nicht mit Sicherheit auszuschliessen war, während im dritten die Section in verschiedenen Körpertheilen Medullarsarcom ergab. Letzteren Fall kann man für unsere Frage überhaupt gar nicht in Betracht ziehen, da es sich nicht um Knötchenbildung, sondern um „Infiltration der Iris mit gelblichen Massen, die auch in die hintere Kammer vorragen und die Iris vorbauchen" handelte und die mikroskopische Untersuchung fehlt. In Bezug auf die anderen beiden Fälle scheinen mir Schmidt's Einwände gegen das scheinbar nachgewiesene Fehlen der constitutionellen Syphilis durchaus gerechtfertigt. Weniger gerechtfertigt erscheint dagegen das Absehen von den allgemein gehaltenen Angaben früherer Autoren. So viel mir bekannt ist, geben recht viele (wie Desmarres, Arlt, Seitz, Zehender, Stellwag, Schelske, Mooren, Schnabel etc.) ihre auf reiche Erfahrungen gestützte Ansicht dahin ab, dass mehr oder weniger häufig die rheumatische und idiopathische Iritis zu „Condylombildung" führen kann. Da die einzelnen Krankheitsgeschichten nicht angeführt werden und nicht geprüft werden können, so können diese Angaben allerdings nicht beweisend sein. Mir scheint aber, dass dieselben doch nicht ohne Weiteres unberücksichtigt gelassen werden können, da gewiss manche Autoren (wie z. B. Mooren) nur deshalb ihre einschlägigen Fälle nicht publicirten, weil sie die Thatsache für bekannt und die detaillirte Mittheilung der Fälle deshalb für nicht nöthig hielten. Zugeben muss ich, dass wir bei dem heutigen Stande der Syphilidologie manchen Fall für syphilitischen Ursprungs werden erklären können, bei dem man früher sich nicht für berechtigt gehalten hätte Syphilis zu diagnosticiren.

Beim Durchsuchen der einschlägigen Litteratur habe ich ausser den von Schmidt citirten Krankengeschichten nur noch eine kurze Notiz von Mackenzie[1]) gefunden, die hier Erwähnung verdient; er schreibt: „Quant à la question de savoir si ces tubercules (d. i. Beer's Condylome) ne se développent que dans les cas syphilitiques, je dois dire que j'ai vu un petit kyste jaune se former sur la surface de l'iris dans un cas d'iritis rhumatismale", und fährt fort: „mais c'est là un fait rare", welcher Umstand nochmals in der Anmerkung hervorgehoben wird, „l'apparition d'un pareil kyste dans l'iritis rhumatismale dois être considérée comme tout à fait anormale". Unter „kyste" ist hier Condylom zu verstehen, da Mackenzie, wie aus den diesem Citat vorhergehenden Auseinandersetzungen hervorgeht, die Beer'schen Condylome für Tuberkeln, Pusteln oder Abscesse ansah, die spät aufbrechen und ihren Eiter in die vordere Kammer entleeren, wonach sie sich contrahiren. — Leider ist auch diese Notiz zu kurz und entzieht sich dadurch der Kritik; sie kann somit nicht als beweisend gelten, verdiente aber doch hier Erwähnung, da Mackenzie, der selbst diesen Fall als Seltenheit ansah, ihn ausdrücklich als Ausnahme anführt. — Lässt sich somit kein Fall in der Litteratur finden, der für die Knötchenbildung bei idiopathischer oder rheumatischer Iritis beweisend wäre, so scheint mir die Mittheilung nachfolgender Krankheitsgeschichten um so wichtiger, als sie den ausstehenden Beweis liefern. Ich selbst habe die betreffenden Patienten nicht gesehen; Dr. Magawly, der den einen Patienten in seiner Privatpraxis, den andern hier im Hospital behandelt hat, hatte die Freundlichkeit, mir die Krankheitsgeschichten derselben zur Disposition zu stellen und den einen hier am Ort lebenden Patienten (K . . .) neulich aufzusuchen, um nochmals die anamnestischen Angaben sicherzustellen und sich von dem jetzigen Zustande des Auges und der allgemeinen Gesundheit zu überzeugen.

---

[1]) Traité pratique des malad. des yeux, traduite de l'anglais par Warlomont et Testelin. 1857. T. II, p. 19.

Fall I.

Herr K......, Kaufmann, gegenwärtig 47 Jahre alt, verheirathet, Vater mehrerer gesunder Kinder, erfreut sich seiner Angabe nach einer vortrefflichen Gesundheit. Er sieht blühend gesund aus; einem Verdacht auf irgend ein Allgemeinleiden fehlt jeder Anhaltspunkt. Die Augen sind gesund, die Iris von normalem Aussehen; Synechiae posteriores sind nicht vorhanden. Herr K. macht über sein früheres Leben die freimüthigsten Angaben, die mit den Untersuchungen zur Zeit der Augenerkrankung durchaus stimmen.

In seinem 18. Lebensjahre (1840) acquirirte K. ein kleines Schankergeschwür am Penis, das bei rein localer Behandlung rasch schwand. Induration an demselben soll nicht vorhanden gewesen sein. Sonstige venerische Affectionen hat K. sich nicht zugezogen. Nach Heilung des Schankers sind nie irgend welche Zeichen constitutioneller Syphilis aufgetreten und ist in Folge dessen auch nie eine Allgemeinkur mittelst Einreibungen, Pillen oder Mixturen eingeleitet worden. K. blieb gesund bis zu seinem 30. Lebensjahre (1852), in welchem er an Iritis oc. sin. erkrankte. Da kein Grund zur Annahme einer specifischen Ursache vorlag, so wurde eine rein locale Therapie, Atropin und Blutegel, in Anwendung gezogen, wobei die Iritis bald zurückging ohne Synechien zu hinterlassen. Von da an folgten bis zum Jahre 1878 acht Recidive der Iritis auf dem linken Auge, die bei gleicher Behandlung wie der erste Iritisanfall verliefen und in Folge stets frühzeitiger Instillation einer starken Atropinlösung niemals Synechien hinterliessen. Während des fünften Recidivs der Iritis (1873) bildete sich in der Iris unweit vom Pupillarrande ein kleines, gelbliches Knötchen, das seinem äussern Ansehn nach ganz dem Gumma iridis entsprach und die Aehnlichkeit mit demselben auch bei den täglich wiederholten genauen Untersuchungen bis zuletzt bewahrte. Der durch das Auftreten desselben hervorgerufene Verdacht auf constitutionelle Syphilis konnte weder durch die Anamnese, noch durch die Allgemeinuntersuchung (es fanden sich auch keine Drüsenschwellungen) bestätigt werden. Daher blieb Dr. Magawly auch dieses Mal bei der früher angewandten rein localen Therapie, unter welcher sich das Knötchen mit dem Schwinden der Iritis zurückbildete, ohne Spuren zu hinterlassen Die später noch folgenden drei Recidive verliefen wieder wie die ersten ohne Knötchenbildung.

Ich glaube, dass selbst Anhänger der Unitätslehre des Schankervirus, zu denen ich mich nicht zähle, in diesem Falle durch Nichts berechtigt sind, die im 18. Lebensjahre stattgehabte venerische Affection mit der 33 Jahre später auftretenden Iritis mit Knötchenbildung in Zusammenhang zu bringen. Das absolute Fehlen aller Erscheinungen der constitutionellen Syphilis bis zum heutigen Tage, ohne dass je eine antisyphilitische Behandlung stattgefunden, kann an sich schon als Beweis angesehen werden, dass jene venerische Affection nur ein weicher Schanker war. Dazu kommt der lange Zeitraum, der zwischen dem Auftreten des Schankers und dem der Iritis (die ausserdem als einziges Folgesymptom der Syphilisinfection anzusehen wäre, was ebenfalls unwahrscheinlich und unbeweisbar) verflossen war und endlich die jedesmal durch rein locale Therapie bewirkte Heilung der Iritis. — Ich halte durch diesen Fall für bewiesen, dass im Laufe einer idiopathischen (oder rheumatischen?) Iritis sich in der Iris ein dem Aussehen und klinischen Verhalten nach gleiches Knötchen, wie das Gumma iridis, bilden kann.

Ganz dasselbe beweist der zweite Krankheitsfall:

Fall II.

Herr Gersewanow, 27. a. n., wurde am 17. XI 1875 ins Augenhospital aufgenommen. Er gab an mehrfach an Iritis oc. dx. gelitten zu haben und derselben wegen ärztlich behandelt worden zu sein. An Syphilis hatte G. niemals gelitten und es liessen sich dieser Aussage entsprechend trotz genauer Untersuchung nicht die geringsten Spuren dieser Krankheit nachweisen. Auch für Tuberculose oder Lepra ergab die Untersuchung gar keine Anhaltspunkte.

Das linke Auge war vollkommen gesund. Auf dem rechten Auge fand sich Iritis mit lebhafter Episcleralinjection und starken Reizerscheinungen. Die vordere Kammer war fast gefüllt mit einem gallertartigen Exsudat, das die Iris verdeckte und die genauere Untersuchung derselben hinderte.

Der starken Entzündung und Exsudation wegen wurde sofort eine energische Cur eingeleitet: Pat. erhielt Calomel gr. II ($=0,124$) 3 Mal täglich und ausserdem Jalappa innerlich, während local Atropin (1 : 90) zweistündlich eingeträufelt und Compresses échauffantes angewandt wurden. Unter dieser Behandlung schwand das Exsudat in wenigen Tagen und nun zeigten sich am untern Pupillarrande mehrere kleine Knötchen, die in Form, Farbe und Grösse ganz das Aussehen von Gummata iridis hatten. Eine in Folge dessen nochmals angestellte Untersuchung des Allgemeinzustandes ergab wiederum ein in Bezug auf Syphilis, Tuberculose etc. negatives Resultat. Im weiteren Verlauf bildeten sich unter gleichbleibender Behandlung die Knötchen durch Resorption zurück; die Iritis schwand mit Hinterlassung einiger hinterer Synechien am unteren Pupillarrande und Pat. konnte am 10. XII geheilt entlassen werden.

Lässt sich nun gegenüber diesen beiden Krankheitsgeschichten nicht abstreiten, dass auch die idiopathische (oder rheumatische?) Iritis zur Bildung von Knötchen führen kann, die in klinischer Beziehung kein differentialdiagnostisches Moment gegenüber dem Gumma iridis aufzuweisen haben; muss man ferner nach dem oben Gesagten zugeben, dass die gummöse Iritis sich von den übrigen auf dyskrasischer Grundlage entstandenen, mit Knötchenbildung einhergehenden Iritiden, sowie unter Umständen vom Granulom nicht mit Sicherheit unterscheiden lässt, so erledigt sich jene oben gestellte Frage dahin, dass in Folge des Mangelns jedes dem Gumma iridis allein zukommenden Characteristicums, in Folge der Unmöglichkeit das Gumma als solches zu diagnosticiren man nie allein aus dem Vorhandensein eines gummagleichen Knötchens in der Iris auf den syphilitischen Ursprung der Iritis zu schliessen berechtigt ist.

Kann man also die Diagnose der Syphilis nicht aus dem gummagleichen Knötchen der Iris mit Sicherheit stellen, so ist doch in praxi bei Vorhandensein des letzteren die für Syphilis als aetiologisches Moment sprechende Wahrscheinlichkeit eine sehr grosse, da alle jene dem Gumma ähnlichen oder gleichen Knötchenbildungen in der Iris nur selten vorkommen. Die Lepra führt überhaupt nur sehr selten zu alleiniger Erkrankung der Iris und kommt ausserdem in vielen Ländern so gut wie gar nicht vor. Die Iritis tuberculosa ist bisher nur in einigen wenigen Fällen mit Sicherheit constatirt worden, muss aber immerhin bei der Häufigkeit der Tuberculose in Berücksichtigung gezogen werden. — Betreffs des ebenso seltenen Granuloma iridis muss ich bemerken, dass die selbstständige Existenz desselben nicht von Allen anerkannt ist; vielmehr wollen Einige dasselbe stets entweder auf tuberculöse oder syphilitische Diathese zurückgeführt wissen (Leber, Baumgarten). Ueber letztere Frage werden erst weitere Beobachtungen und Untersuchungen Klarheit verbreiten. — Das Auftreten von Knötchenbildung bei idiopathischer und rheumatischer Iritis ist jedenfalls auch ein recht seltenes, wenn auch bisher nicht genügend Beobachtungen veröffentlicht sind um das numerische Verhältniss jener beiden mit Knötchenbildung einhergehenden Iritiden zur gummösen Iritis festzustellen. Nach den im hiesigen Hospital behandelten Fällen würde sich dasselbe auf 1 : 46 stellen; natürlich können aber diese Zahlen keine allgemeine Gültigkeit beanspruchen.

In Folge dessen also, dass der Iritis mit Knötchenbildung nur selten andere Ursachen zu Grunde liegen, wird man aus ihrem Vorhandensein von vornherein mit grosser Wahrscheinlichkeit auf Syphilis als aetiologisches Moment schliessen können, in den weitaus meisten Fällen wird sich die Wahrscheinlichkeitsdiagnose durch irgend welche andere Allgemeinerscheinungen constitutioneller Syphilis oder durch die Anamnese bestätigen lassen. Jedenfalls hat im Interesse der Patienten in jedem solchen Fall, selbst wenn ein früheres Leiden an Syphilis entschieden in Abrede gestellt wird, die genaueste Erhebung der Anamnese und sorgfältigste Untersuchung des Allgemeinzustandes zu erfolgen, ehe man sich für überzeugt halten darf, dass die Syphilis keine Rolle im betreffenden Krankheitsfalle spielt.

Zur Vervollständigung der bisher bereits über das Symptomenbild der Iritis gummosa bekannten Thatsachen gebe ich im Folgendem die aus meinen Krankheitsgeschichten für dasselbe sich bietenden Daten, zunächst aber nur diejenigen, welche sich auf die besonderen Symptome der gummösen Iritis beziehen; soweit der Symptomencomplex der letzteren mit dem der nichtgummösen Iritis zusammenfällt wird eine Besprechung desselben weiter unten folgen.

In 46 Fällen von Iritis gummosa fanden sich nur 17 Mal mehr als 1 Knötchen, unter diesen als Maxima 1 Mal 5 und 1 Mal 12. Sie sassen meist am Pupillarrande oder doch im kleinen Iriskreise, nur 11 Mal nahmen sie ihren Ursprung aus peripheren Theilen der Iris und zwar 3 Mal im obern äussern Irisquadranten, 2 Mal aussen in dem periphersten Theile der Iris, 4 Mal gerade unterhalb der Pupille am Boden der vordern Kammer, 2 Mal im äussern untern Irisquadranten. Wecker's Ansicht, dass bei peripherem Sitz die Knötchen sich im untern innern Irisquadranten finden, ist demnach nicht richtig. — Bei 2 von jenen 11 Fällen fand gleichzeitig Cyclitis und Chorioretinitis, bei 4 Chorioretinitis, bei 2 Pupillarabschluss statt, der die Untersuchung verhinderte; 2 Mal scheint keine Betheiligung der tiefer gelegenen Augentheile stattgehabt zu haben und 1 Mal konnte ich dieses sicher constatiren.

Da die Gummata zu sehr verschiedenen Zeiten ihres Bestehens zur Beobachtung kamen und die sofort eingeleitete Behandlung in vielen Fällen sie zur Rückbildung brachte bevor sie sich vollständig entwickelt hatten, so boten dieselben in Grösse, Form, Begrenzung und Farbe relativ wenig Uebereinstimmung. Fälle von excessiver Wucherung des Gumma mit Durchbrechung der Cornea kamen nicht zur Beobachtung, als Maximum erreichten sie in einzelnen Fällen die Grösse eines Hanfkorns oder einer kleinen Erbse. Dabei waren sie bald mehr rund begrenzt, papelförmig, bald mehr oval begrenzt, wulstförmig; bald ziemlich scharf gegen die Nachbarschaft abgesetzt, bald ziemlich gleichmässig in das stark infiltrirte Nachbargewebe abfallend.

Die Farbe schwankte von einem nur unbedeutend gelblichen Weiss oder Weissgrau bis zu ziemlich dunklem Braunroth und es schien kein ausgesprochener Zusammenhang zwischen der Grösse und Farbe zu existiren, da hin und wieder schon ganz kleine, eben im Beginn der Entwickelung begriffene Knötchen fast ganz weiss waren, während in anderen Fällen, darunter ein paar Mal bei peripherem Sitz, bei stärkerer Entwickelung eine sehr rein weisse Farbe hervortrat.

Durch die verschieden lange Zeit des Bestehens der Iritis gummosa ist es ferner zu erklären, dass die Entzündungs- und Reizsymptome ganz verschieden stark waren; der Verlauf war auch hier bisweilen ein ganz acuter, während er gewöhnlich den mehr subacuten, schleichenden Character einhielt. Ein Fehlen der Iritis und aller Reizsymptome bei Gummabildung, wie Mooren (l. c. pag. 139) es zu wiederholten Malen constatiren konnte, ist hier nicht beobachtet worden.

Gewöhnlich kamen die Patienten ins Hospital nachdem die Iritis gummosa schon 7—14 Tage gedauert hatte, nur 5 Mal nach 2—5 tägigem Bestehen derselben. In letzteren Fällen waren die Knötchen noch klein, bis hirsekorngross. Die Bildung des Gumma wurde 5 Mal beobachtet; unter diesen war 3 Mal die Iritis bereits längere Zeit ambulatorisch behandelt worden ehe es zur Knötchenbildung kam; 1 Mal trat in wenigen Tagen rasche Entwickelung des Gumma mit gleichzeitig starker Exacerbation der bereits längere Zeit mit Inunctionen behandelten und fast geschwundenen Iritis ein (cf. Fall XI); 1 Mal trat nach 3 tägiger Behandlung der Iritis plötzlich gallertartiges Exsudat auf, nach dessen Resorption sich am Ausgangspunkt desselben ein Gumma declarirte (cf. Fall IV). Ich führe diese Fälle deshalb genauer an, weil man gewöhnlich das schon in Entwickelung begriffene Gumma zur Untersuchung bekommt, die Bildung desselben aber nicht häufig verfolgen kann. Wir sehen nun, dass bei kurzer Dauer der Iritis das Gumma entsprechend kleiner ist und bei den Fällen, wo die Bildung direct beobachtet werden konnte, stets die Iritis früher begonnen hatte. Daraus ergiebt sich, dass wohl fast immer die allgemeine Entzündung der Iris der Gummabildung vorauf- geht und nur selten, wie in dem von Mooren beobachteten Fall, das Gumma eine recht bedeutende Grösse erreicht ohne dass die übrige Iris sich am Entzündungsprocess betheiligt. Eine „relativ aus- gesprochene Integrität des angrenzenden Irisgewebes", wie Wecker sie angiebt, wird man wohl deshalb nicht häufig zu sehn bekommen, da die übrige Iris sich gewöhnlich im Zustande parenchymatöser Entzündung und mehr oder weniger starker Infiltration und Schwellung befindet.

Die Rückbildung der Gummata fand unter der stets eingeleiteten mercuriellen Behandlung immer durch Resorption statt, nie durch Abscedirung, falls man nicht eine solche in den unten pag. 35 mitgetheilten Fällen sehen will. — Das Gewebe der Iris wurde meist allmählich wieder normal, nur in einigen Fällen blieb eine deutlich gezeichnete Narbe an der Stelle des Gumma zurück.

Ich habe bereits oben angeführt, dass zwei Fälle zur Beobachtung kamen, in welchen der Ciliarkörper neben der Iris Sitz der gummösen Geschwulst war; in beiden fand gleichzeitig auch Betheiligung der Choroidea und Retina an der Entzündung statt. Wecker fasst alle derartigen Fälle als Iridochoroiditis gummosa zusammen und giebt (l. c. pag. 516) das Verzeichniss aller in der Litteratur bekannten Fälle neben einem von ihm selbst beobachteten. Nachzutragen sind zu diesem Verzeichniss die ausser jenen noch von Hock (l. c.) angeführten. — Da die Anzahl der bekannten Fälle bisher eine nur geringe ist, so gebe ich in Nachstehendem die genauere Krankheitsgeschichte der beiden Patienten; den zweiten Fall habe ich selbst beobachtet. Beide schliessen sich bezüglich des trotz der mercuriellen Behandlung vollständigen oder fast vollständigen Verlusts des Sehvermögens an die Mehrzahl der bereits bekannten, von welchen nur die von Schmidt (l. c.) mitgetheilten eine Ausnahme machen.

Fall III.

Josef Penar, 25 a. n., Barbier, rec. 8. 1 1865 giebt an, vor circa 6 Wochen an einem Geschwür am Penis gelitten zu haben. Später trat Exanthem auf und vor circa 14 Tagen erkrankte das rechte Auge. Pat ist schlecht genährt, sehr schwach, von aschgrauer Hautfarbe, Puls 120 p. M. Am Rücken finden sich Reste eines stark tingirten papulösen Exanthems; Lymphdrüsen überall namentlich in der Submaxillargegend geschwellt.

Linkes Auge normal.

Rechtes Auge: Livide sehr ausgebreitete Episcleralinjection; nach oben aussen von der Cornea eine bläuliche Scleroectasie von der Grösse einer kleinen Erbse, die bei Berührung ausserordentlich schmerzhaft ist. Die Cornea leicht rauchig getrübt. Im obern äussern Irisquadranten eine röthlich-gelbe Geschwulst, die von dem Ciliarrand der Iris bis zum Pupillarrande reicht und beinahe an die hintere Fläche der Cornea streift. Irisgewebe ganz verwaschen. Pupillarraum durch Auflagerungen auf die vordere Kapsel fast vollständig verlegt. Tension des Bulbus etwas herabgesetzt. Sehvermögen beschränkt sich auf Wahrnehmung der vor den Augen bewegten Hand, Finger können nicht gezählt werden. Es besteht heftige Ciliarneuralgie, Thränenfluss und Lichtscheu.

Es wurde sogleich eine Inunctionscur eingeleitet (Ung. cin. 2,48 pro die) und mit derselben bis zum 25. I ohne Unterbrechung fortgefahren. Ins rechte Auge wurde Atropin (1 : 120) 2-stündlich instillirt und innerlich Abends Chinin mit Morphium gegeben. Vom 26. I erhielt Pat. Kal. jodat. und Ferr. sulph. innerlich bis zu seiner Entlassung.

Anfänglich trat eine geringe Besserung des Sehvermögens ein, so dass Pat. in circa 3 Fuss Finger zählen konnte, später aber sank dasselbe wieder auf den früheren Standpunkt herab. Unter der Behandlung gingen die entzündlichen Erscheinungen zurück und die Ectasie der Sclera glättete sich allmählich. Der Bulbus wurde indessen weicher und Ende Januar bildete sich im untern Theil der Iris eine der oben beschriebenen ähnliche röthliche Geschwulst.

Eine sehr bedeutende Schwellung der Submaxillardrüsen auf der rechten Seite, zunehmende Anaemie und Schwäche des Pat., Schmerzen in den Wadenmuskeln liessen den Ausbruch von Scorbut befürchten und nöthigten dadurch am 26. I zum Aussetzen des Mercurs. Auf seinen Wunsch wurde Pat. am 6. II ungeheilt entlassen.

Fall IV.

Olga Matwejewa, 20. a. n., Soldatenfrau, rec. 25. VI. 1879, wurde vor 3 Jahren, nachdem sie Jahre lang bis dahin gesund gewesen, von einer Krankheit befallen, über die sie nur ungenaue Angaben macht; Syphilis soll es nicht gewesen sein. Dieser Krankheit wegen wurde Pat. in einem Hospital mit Einreibungen grauer Salbe behandelt. Vor 2 Jahren gebar sie ein Kind, das gleich nach der Geburt starb. Vor 2 Monaten trat eine fieberhafte Krankheit auf, die mit Medicin innerlich behandelt wurde und bald von Ausschlag über den ganzen Körper gefolgt war. Am 17. VI erkrankte das rechte Auge unter Röthung, Lichtscheu und Schmerzen, die sich trotz der gebrauchten Umschläge jetzt bis zur Unerträglichkeit gesteigert haben.

Status praesens: Pat. ist ganz benommen durch den heftigen Schmerz in und um das erkrankte Auge. Ernährungszustand nicht sehr gut. Auf dem Körper findet sich ein nicht reichliches papulöses, nichtjuckendes Exanthem. Lymphdrüsen überall vergrössert, hart.

Linkes Auge normal.

Am rechten Auge heftige Ciliarneuralgie und Lichtscheu, die jede Prüfung des Sehvermögens unmöglich machen. Sehr starke episclerale Injection; nach oben aussen von der Cornea eine hanfkorngrosse bläuliche Sclereclasie, die auf Berührung sehr schmerzhaft ist. Das Kammerwasser ist so stark getrübt, dass die Iris nur ganz undeutlich sichtbar und der

Zustand ihres Gewebes gar nicht zu erkennen ist. Der Pupillarraum scheint durch Exsudat verlegt.

Die heftigen Schmerzen besserten sich gegen Abend unter Atropin (1 : 120) und Blutegel local und Chinin mit Morphium innerlich. Da Syphilis unzweifelhaft vorhanden war und als Ursache der Iridocyclitis angesehen werden musste, so wurde am 27. VI mit täglichen Injectionen von 1 Gramm einer $1\frac{1}{2}\%$-tigen Sublimatpeptonlösung ($=0,015 =$ gr. $\frac{1}{4}$ Sublimat) begonnen, die Atropininstillationen fortgesetzt und Abends Hypnotica gegeben.

Am 28. VI zeigt sich die nasale Hälfte der Iris ziemlich deutlich sichtbar, parenchymatös entzündet; die temporale Hälfte derselben, sowie die ganze nicht erweiterte Pupille ist von fast undurchsichtigem, scharf begrenztem, gallertartigem, graugelbem Exsudat bedeckt. Bis zum 2. VII resorbirte sich dies Exsudat, allmählich an Ausdehnung und Dicke abnehmend so weit, dass nur noch ein kleines, ziemlich durchsichtiges, dreieckiges Häutchen nachgeblieben war; die Spitze des Dreiecks reichte bis in die nicht erweiterte Pupille, die Basis sass in der Nähe des äussern Ciliarrandes der Iris. Hier konnte man jetzt ein aus dem Irisgewebe wenig vorragendes, von oben nach unten längliches, fast ganz weisses Knötchen wahrnehmen, über dessen Oberfläche von oben nach unten ein feines Gefäss verlief, das sich nach unten in mehrere feine Gefässchen büschelförmig theilte. Die spontanen Schmerzen hatten fast ganz aufgehört, traten nur von Zeit zu Zeit in mässigem Grade auf; dagegen bestand noch recht starke Druckempfindlichkeit an der ectatischen Scleralparthie, die flacher geworden war. Bis zum 17. VII hatten die Schmerzen vollständig aufgehört, doch bestand immer noch mässige Druckempfindlichkeit an der Sclerectasie, die noch etwa hirsekorngross und bläulich war. Die Tension des Bulbus war vermindert. Die Prüfung des Sehvermögens ergab $V = \frac{2}{60}$; das Gesichtsfeld erschien allseitig bis fast zum Fixationspunkt eingeengt. Episclerale Injection geschwunden; Cornea und Kammerwasser klar; Irisgewebe nicht mehr geschwellt; an der Stelle des Gumma (denn als solches musste das Knötchen angesprochen werden) eine strahlige gelbweisse Narbe. Pupille eng; in dieselbe ragt von oben ein auf der vorderen Linsenkapsel liegendes weissgraues, nach oben hin dickeres Exsudat. Der Augenhintergrund ist mit dem Ophthalmoscop gar nicht aufleuchtbar, man bekommt aus der Tiefe nur einen grauen Reflex. Drüsenschwellungen sind nirgends mehr nachweisbar; das Exanthem bis auf Spuren geschwunden. Bis hierher hatte Pat., da an mehreren Tagen die Injectionen aus äusseren Gründen ausgesetzt worden waren, 15 Gramm der Sublimatpeptonlösung ($= 0,225$ Sublimat) bekommen. Am 23. VII zeigte sich nach 21 Injectionen ($= 0,315$ Sublimat) leichte Salivation; das Hg wurde ausgesetzt und Kali jodat 0,93 pro die verordnet, weil noch immer Druckempfindlichkeit oben aussen von der Cornea bestand. Diese schwand auch nicht an der bläulich verfärbten, aber nicht mehr geschwellten Scleralparthie, als Pat. am 25. VIII mit nicht weiter gebessertem Sehvermögen entlassen werden musste.

Bevor ich die Iritis gummosa verlasse, will ich noch in wenigen Worten ihr Verhältniss zu den übrigen Syphilissymptomen besprechen. Bei der früher angenommenen Eintheilung der Symptome der Syphilis in secundäre und tertiäre rechnete man das Gumma unter die letzteren, da man unter dieser Bezeichnung nur die geschwulstartige syphilitische Neubildung im subcutanen Gewebe, im Muskel, im Periost, Knochen, Hoden und den Visceralorganen verstand. Die klinische Beobachtung constatirte, dass dieses Gumma nie mit den Condylomen der Haut zusammen[1]), sondern stets später auftrat. Um so mehr musste es überraschen als von Colberg[2]) im Alfred Graefe'schen Fall und später vor Neumann[3]) im v. Hippel'schen Fall nachgewiesen wurde, dass die früher sog. Condylome der Iris Gummata sind, — überraschen deshalb, weil diese, wie es bekannt war, schon in einer frühen Periode der Syphilis aufzutreten pflegen, ja dem Auftreten der Condylomata lata bisweilen vorhergehen. Aus diesem Factum wurde vollkommen logisch geschlossen[4]), dass „es eine genaue Reihenfolge sogenannter secundärer und tertiärer Erscheinungen der Syphilis nicht giebt, indem sogar das Gumma — in der ersten Aera der secundären Erscheinungen sich zeigen kann". Nun ist in neuerer Zeit durch die pathologische Anatomie nachgewiesen worden, dass zwischen dem früher sogenannten diffusen oder circumscripten Syphilom oder Gumma und den primär- und secundärsyphilitischen Erscheinungen kein Unterschied im mikroskopischen Bau nachweisbar ist. Die Structur der „primärsyphilitischen Induration entspricht vollkommen dem Bilde der gummösen Neubildung"; das breite Condylom stellt sich anatomisch „als eine gummöse Infiltration dar, welche wesentlich die oberen Cutisschichten und den Papillarkörper betrifft"; „bei den papulösen Syphiliden findet sich im Papillarkörper und im Corium die gleiche Zellinfiltration wie bei den sonstigen gummösen Erkrankungen"[5]). — Ferner ist bekannt, dass das Gumma als geschwulstförmige, entzündliche Neubildung sich durchaus nicht scharf von der mehr diffusen gummösen Entzündung trennen lässt; „manche unter dem Einfluss der Syphilis auftretende Entzündungen produciren ein Ge-

---

1) Zeissl, Lehrbuch der Syphilis 1875 p. 144 u. 178.
2) Archiv f. Ophthalmologie Bd. VIII, 1 p. 288.
3) Archiv f. Ophthalmologie Bd. XIII, I p. 65.
4) Mauthner l. c. p. 270.
5) Birch Hirschfeld, Lehrbuch der pathol. Anatomie 1877 p. 648 ff.

webe, welches dem Gumma so nahe steht, dass man sowohl von einer diffusen syphilomatösen Infiltration, als von einer gummösen Entzündung sprechen kann (gummöse Ostitis, Hepatitis etc.) und an sie schliessen sich wieder die leichteren Formen, welche als einfache interstitielle Entzündung verlaufen"[1]).

Aus diesen pathologisch-anatomischen Nachweisen ergiebt sich, dass die Rubricirung des Gumma unter die Spätsymptome der Syphilis einer pathologisch-anatomischen Grundlage entbehrt; sowie ferner, dass eine scharfe Trennung des Gumma von der gummösen Entzündung nicht möglich ist. Da aber gerade das Gumma gemäss der früheren Auffassung für die Eintheilung der Syphilissymptome in secundäre und tertiäre von grösster Wichtigkeit war, so erscheint nach den obigen Nachweisen diese Eintheilung im früheren Sinne als eine unhaltbare; unzweifelhaft aber bleibt eine Trennung in secundäre und tertiäre Symptome, die natürlich nicht ganz scharf zu ziehen ist, von Werth und wird durch die klinische Beobachtung gerechtfertigt, wenn man diese Trennung nach der Localisation der syphilitischen Entzündung und Neubildung in gewissen Organen und Geweben vornimmt, wie das ja auch bereits von Vielen geschehen ist, nicht aber den Krankheitsformen der späteren Periode eine ganz gesonderte, apparte Natur vindicirt.

Hiernach hat das frühzeitig nach der syphilitischen Primäraffection stattfindende Auftreten der Iritis gummosa nichts Auffallendes mehr und wenn man die Stellung derselben in der Reihe der Syphilissymptome und ihr Verhalten zu denselben präcisiren will, so muss man sagen:

Die Iris gehört zu denjenigen Geweben, die im Verlaufe der constitutionellen Syphilis frühzeitig von gummöser Entzündung befallen werden. Letztere tritt gewöhnlich im Laufe eines halben bis eines Jahres nach der Primäraffection ein, kann sich jedoch in Ausnahmefällen auch erst nach Ablauf einiger Jahre entwickeln. Gewöhnlich wird sie begleitet von den oberflächlichen Haut- und Schleimhautaffectionen, während die Affection der Knochen, Muskeln und der anderen späterkrankenden Gewebe und Organe nur sehr selten mit ihr gleichzeitig zur Beobachtung kommt.

Kann man auch jetzt nach dem oben Gesagten Zeissl (l. c. p. 88) nicht beistimmen, wenn er in morphologischer Beziehung die krank-

---

[1] Birch-Hirschfeld p. 193.

haften Veränderungen der ersten Phase der Syphilis als irritative Vorgänge, diejenigen des gummösen Stadiums als Neubildungsprocesse aufgefasst sehen will, so muss man doch zugestehen, dass bei fast allen frühzeitig auftretenden, recenten Erscheinungen der Syphilis gegenüber den Spätsymptomen mehr der Charakter der Irritation in den Vordergrund tritt. Auch hierin sehen wir die Iritis gummosa sich den ersteren anschliessen. Fast immer findet man neben der circumscripten Neubildung die ganze Iris entzündet, sehr selten (s. o. Mooren) fehlt diese Entzündung des übrigen Irisgewebes ganz oder bietet nur die Erscheinungen der Hyperaemie. Dazu kommt, dass die Entzündung der ganzen Iris der Bildung des mehr oder weniger circumscripten Gumma gewöhnlich vorauszugehen scheint, wonach letzteres morphologisch weit mehr als Product einer an einem Punkte des Gewebes cumulirenden allgemeinen Entzündung der Iris, denn als mehr selbstständige Neubildung erscheint. Und endlich sehen wir die Bildung des Gumma iridis meist rasch von Statten gehen im Gegensatz zur sehr langsamen Entwickelung des Gumma der Knochen, des Periost, Hoden etc., entsprechend dagegen der raschen Entwickelung der Hautsyphilide.

Uebergänge zwischen dem Gumma und der mehr diffusen gummösen Entzündung sind für die Iris pathologisch-anatomisch nicht nachgewiesen. Dem klinischen Bilde nach aber sollte man meinen, dass solche sicher existiren. Neben den schön entwickelten gummösen Knoten, die in gleichmässig geschwelltem Gewebe sitzen, begegnet man gar nicht so selten, wie ich oben angegeben habe, Fällen, in welchen man weniger von Entwickelung eines isolirten Knotens, als von stärkerer partieller Schwellung der Iris sprechen müsste; man findet eine breitere, wulstartige Erhebung in der Iris, die gleichmässig in das geschwellte Nachbargewebe abfällt und auf ihrem Gipfel mehr oder weniger Verfärbung zeigt. In anderen Fällen kann die ganze eine Irishälfte stärker geschwellt sein als die andere, oder „der kleine Iriskreis ist in toto geschwellt und über das Niveau des angrenzenden Irisgewebes erhaben". — Mir scheint, dass diese Fälle den Uebergang von der parenchymatösen syphilitischen zur gummösen Iritis bilden und glaube ich, dass auch der bis jetzt fehlende pathologisch-anatomische Befund diese Annahme bestätigen wird.

Es bleibt mir jetzt noch übrig auf eine Reihe von Symptomen der Iritis syphilitica einzugehen, die durchaus nicht als Characteristica derselben gelten können, da sie bei nichtsyphilitischer Iritis unbestrittener Maassen ebenfalls auftreten. Sie kommen sowohl der einfachen als der gummösen Iritis zu.

Es ist seit langer Zeit bekannt, dass sich bei Iritis syphilitica häufig die Cornea im Zustande leichter diffuser Trübung befindet oder sich Auflagerungen auf die Membrana Descemetii bilden. Nach Drognat-Landré (l. c.), der diesem Symptom neuerdings besondere Aufmerksamkeit geschenkt hat, findet sich dasselbe in 72% der Fälle und zwar am häufigsten als diffuse Trübung des Cornealgewebes (32%) oder als Auflagerungen auf die Membrana Descemetii (28%), seltener als kleine graue Punkte im Cornealgewebe (13%) und zwar findet die Cornealaffection fast immer (96%) nur oder doch vorzugsweise im untern Theil der Cornea statt. — Dies letztere Moment allein weist schon darauf hin, dass es sich hierbei zum Theil um eine Praecipitation aus dem Kammerwasser auf die Membrana Descemetii, zum Theil um Einwanderung von Zellen in das Cornealgewebe handelt und demgemäss ist auch diese Betheiligung der Cornea bei der Iritis mit Recht nie als selbstständige Complication, sondern als Symptom der Iritis aufgefasst worden. — Ich kann nach meinen eigenen Beobachtungen die Angabe Drognat-Landrés nur bestätigen. Bei genauerer Untersuchung der Cornea findet sich eine diffuse Trübung derselben fast immer und sehr häufig Auflagerungen auf die Descemetii oder punktförmige Infiltrate der tiefen Schichten der Cornea. Letztere sah ich öfter nach Schwund der Iritis längere Zeit oder bis zum Schluss der Beobachtung unverändert fortbestehen.

Zu den seltensten Erscheinungen bei der Iritis syphilitica gehört das Auftreten eines Hyphaema am Boden der vorderen Kammer. Dasselbe wurde hier einmal beobachtet bei einem in seinem Ernährungszustande sehr herabgekommenen 25 jährigen Weibe, das an beiderseitiger parenchymatöser Iritis erkrankt war; am Boden der vorderen Kammer des linken Auges zeigte sich bei sehr heftigen Reizsymptomen und sehr starker linksseitiger Ciliarneuralgie dunkles Blut und Eiter; nach einer Punction der vordern Kammer fand sich am nächsten Tage doch noch etwas Blut in derselben, das aber bald darauf schwand; unter einer Inunctionscur erfolgte vollständige Heilung mit $V = 1$. — Einen zweiten Fall beobachtete ich kürzlich an einem gutgenährten 45 Jahre alten Manne (cf. Tab. III № 15), bei welchem sich im Hospitale im Laufe von 14 Tagen erst einfache parenchymatöse syphilitische, aus dieser dann Iritis gummosa unter

Nachlass der früheren heftigen Reizsymptome gebildet hatte. Plötzlich trat unter erneuetem Auftreten ziemlich heftiger Schmerzen, die mehrere Stunden am Nachmittage anhielten, ein kleines Hyphaema auf, das in den folgenden 24 Stunden resorbirt wurde ohne dass sonst eine Aenderung eingetreten wäre. — Die Heilung beider Fälle nahm relativ lange Zeit, circa 3 und 4 Wochen in Anspruch.

Auch noch selten, aber doch schon häufiger findet sich bei Iritis syphilitica ein Hypopium am Boden der vordern Kammer, das ja auch bei der idiopathischen Iritis zu den Seltenheiten gehört. Schnabel (l. c. p. 102) sah unter 180 Iritiden verschiedenen Ursprungs nur 7 Mal Hypopium; Schmidt (l. c.) führt auf 47 Fälle von Iritis syphilitica nur 2 mit Hypopiumbildung an, von denen in dem einen gleichzeitig Keratitis und Cyclitis, im anderen „enorme condylomatöse Wucherungen und Descemetitis" vorhanden waren.

Unter meinen 240 Fällen wurde 10 Mal Hypopiumbildung beobachtet, in 4 von diesen Fällen war Iritis gummosa, in 6 einfache syphilitische Iritis vorhanden. Von den letzteren habe ich oben (pg. 34) bereits einen Fall angeführt, wo gleichzeitig Hyphaema bestand; in 3 weiteren Fällen bestand bei der Aufnahme ein kleines Hypopium, das am anderen Tage geschwunden war; im fünften Fall schwand das Hypopium nach der Paracenthese der Cornea definitiv, während der sechste Fall dadurch an Interesse gewinnt, dass die Iritis einen ganz suppurativen Character trug, indem im Hospital drei Tage nach Entleerung des Hypopium durch die Punction der Kammer sich unter rascher Steigerung aller Reizerscheinungen ein neues Hypopium bildete, das noch zwei Mal nach wiederholter Entleerung in gleicher Weise wieder auftrat. Die Bildung desselben erschien somit bewirkt durch Auftreten eines neuen entzündlichen Schubes in der Iris, der zum Austreten der massenhaft gebildeten Zellen in die vordere Kammer führte.

In den 4 Fällen von Hypopiumbildung bei Iritis gummosa hatte die Iritis nach Aussage der Kranken jedes Mal circa 14 Tage gedauert ehe sie zur Untersuchung kam. In dieser Zeit hatten sich die Gummata, ebenfalls in allen Fällen, bis zur Grösse eines Hanfkorns etwa entwickelt. Die Menge des am Boden der vorderen Kammer sich findenden Eiters war 2 Mal eine nur geringe. — Es passen diese Angaben genau auf die Worte, die Mauthner (l. c. p. 274) bei Besprechung des klinischen Verlaufs der Gummata iridis sagt: „Man sieht wie dieselben, nachdem sie ein gewisses relativ geringes Maass, etwa das eines Hanfkornes, nicht überschritten, kleiner zu werden beginnen um allmählich zu schwinden oder eitrig zu zerfallen (im letzteren Fall zur Entstehung eines Hypopium Anlass gebend)." Mir scheint diese Erklärung der Entstehung des Hypopiums in jenen 4 Fällen durchaus nicht unwahrscheinlich, obgleich ich bemerken muss, dass ich keine Notiz darüber gefunden habe, dass auf dem Gumma ein Substanzverlust zu bemerken war. Der vollständige Schwund des letzteren trat dabei immer erst nach Gebrauch einer längeren Mercurialcur ein, so dass von einer Abscedirung oder Cystenbildung in der Art, wie Mackenzie (siehe oben) sie beobachtet haben will, hier keine Rede sein kann. Wohl aber kann man hier eitrige Schmelzung des Gumma annehmen, die durch die Einleitung der Mercurialcur in Resorption des noch nicht eitrig zerfallenen Theils überging.

Eine noch seltenere Erscheinung bei Iritis syphilitica als das Hypopium ist das gallertartige Exsudat in der vorderen Kammer. Dasselbe kommt ihr nicht allein zu, sondern ist in fast ebenso vielen Fällen bei Iritis anderen Ursprungs beobachtet worden. Die Anzahl der bis jetzt veröffentlichten Fälle von gallertartigem Exsudat bei Iritis verschiedenen Ursprungs ist noch eine wenig zahlreiche. In Folgendem gebe ich eine Zusammenstellung aller dieser Fälle, da ich eine solche nirgends gefunden habe und mir dieselbe zur Besprechung des Wesens, der Entstehung und des Verlaufs jenes Exsudats nöthig ist. Dasselbe ist zuerst beschrieben worden von Schmidt[1]), dann von Gunning[2]), Gruening[3]), Kipp[4]), Keyser[5]), Schmalenbach[6]), Klotz[7]), Laqueur[8]), Schmidt[9]), Hock (l. c.), Drognat-Landré (l. c.), Schliephake[10]) und Heimann[11]). — An diese Fälle reihe ich zunächst meine diesbezüglichen Krankheitsgeschichten um dann in die Besprechung aller dieser Fälle einzutreten.

Ich gebe zuerst 4 Fälle nichtsyphilitischer Iritis, von denen ich

---

1) Klin. Monatsblätter für Augenheilkunde. 1871 p. 94.
2) ibidem. 1872. p. 7.
3) Archiv f. Augen- und Ohrenheilkunde Bd. III, 1 p. 166.
4) ibidem p. 191.
5) Nagels Jahresbericht pro 1874. p. 328.
6) ibidem p. 329.
7) ibidem p. 328.
8) ibidem p. 329.
9) Klin. Monatsblätter für Augenheilkunde 1875 p. 315.
10) Archiv für Augen- und Ohrenheilkunde Bd. V, 2 p. 294.
11) ibidem p. 309.

die drei ersten selbst beobachtet habe. Hierher ist als fünfter der oben mitgetheilte Fall II zu zählen.

Fall V.

Agrafena Petrowa, 38. a. n. hat nie an Syphilis gelitten. Vor 1½ Jahren ist sie, bald nachdem sie Febris recurrens durchgemacht, auf dem rechten Auge erblindet. Zum ersten Mal erkrankte Pat. vor 16 Jahren an Augenentzündung, die sich dann bald auf dem einen, bald auf dem anderen Auge wiederholte und der jetzigen ähnlich war. Von Kindheit an besteht Myopie.

27. VI 79. Rechtes Auge: keine Entzündungserscheinungen; Iris atrophisch, buckelförmig vorgewölbt in Folge totaler Synech. post. Cataracta accreta, $V = 0$.

Linkes Auge: Iridochoroiditis mit heftigen Reiz- und Entzündungserscheinungen; diffuse und flockige Glaskörpertrübungen; Papilla opt. undeutlich sichtbar; grosse Sclerectasia post. $V = 3/60$; $T = -1$. Ordination: Atropin (1 : 120).

30. VI. Keine Besserung. Ord.: Atropin; Hirudo arteficial. ad temp. s.

3. VII. Geringere Schmerzen gewesen; Pupille mässig erweitert; sonst keine Besserung. Im untern innern Theil der vorderen Kammer findet sich ein zur Pupille hin mit bogenförmigem scharfem Rande begrenztes gallertartiges Exsudat, das etwa die Hälfte der Pupille deckt. Das Sehvermögen ist auf Fingerzählen in 10 Cm. gesunken

4. VII. Exsudat etwa um die Hälfte kleiner geworden, deckt nur noch ¼ der Pupille. Schmerzen wieder geringer.

5. VII. Exsudat bis auf eine kleine membranöse Auflagerung auf die vordere Linsenkapsel geschwunden.

Bis zum 30. VII schwindet unter gleichbleibender localer Behandlung und Kal. jodat. 0,93 pro die innerlich die episclerale Injection fast vollständig, doch bestehen die Glaskörpertrübungen fort und bleibt V. oc. sin auf Fingerzählen in 2 Meter beschränkt.

Fall VI.

Michail Jegorow, 27. a. n., Beamter, leidet seit längerer Zeit an rheumatischen Schmerzen in den Oberschenkeln und dem Gesäss; Syphilis oder andere venerische Krankheiten sind entschieden nie vorhanden gewesen; Pat. hat vor 1 Jahr an Iritis oc. sin. gelitten. Am 27. VII 79. erkrankte unter starker Röthung und Schmerzen das linke Auge.

Am 2. VIII machte sich Patient zum ersten Mal in der Ambulanz vorstellig. Er ist klein von Wuchs, schlecht genährt; keine Zeichen const. Syphilis nachweisbar, nur sind ein paar Lymphdrüsen in der Cervical- und Axillarregion etwas geschwellt. Diagnose: Iritis oc. sin. (rheumatica?). Ordination: Atropin (1 : 120) 2-stündlich; Compr. échauffantes; Ung. hydrarg. cin. cum extract. bellad. (8 : 1) 2 Mal täglich ad frontem.

7. VIII. Die früher sehr starken Schmerzen im linken Auge haben etwas nachgelassen, treten noch anfallsweise besonders gegen Abend stark auf. Starke Lichtscheu, mässiges Thränenträufeln. Sehr bedeutende Episcleralinjection. Cornea diffus getrübt. Unten aussen in der vordern Kammer, den entsprechenden Irisquadranten deckend liegt ein bei der letzten Untersuchung nicht vorhanden gewesenes, gallertartiges Exsudat, das vom Ciliarrande der Iris bis zur Mitte der Pupille reicht. Zur letzteren hin flacht sich das Exsudat ab, so dass es im kleinen Iriskreise etwa 3—4 Mm. dick ist. Es hat nur im Bereiche der Pupille und auf dem kleinen Iriskreise eine ganz scharfe, nach oben innen convex bogenförmige Begrenzung, der übrige Theil geht ohne deutliche Grenze in das viel durchsichtigere Kammerwasser über. Der scharf begrenzte Theil ist von ziemlich gleichmässiger Beschaffenheit, gelbgrau, gestattet kein Aufleuchten des Augenhintergrundes, der durch die vom Exsudat freie Parthie der Pupille undeutlich sichtbar ist. Der den peripheren Theil der Iris deckende, nicht scharf begrenzte Theil des Exsudats zeigt bei schiefer Beleuchtung eine Menge feiner weisslicher Flocken. Das Irisgewebe verwaschen, geschwellt, ist durch das Exsudat hindurch nicht sichtbar. Die Pupille ist mässig, mehr nach oben erweitert. Gesichtsfeld normal. V. oc. sin. = $4/60$, während V. oc. dx. mit — 1,5 D = 1 ist.

8. VIII. Das Exsudat ist resorbirt bis auf eine kleine membranöse Auflagerung auf die vordere Linsenkapsel und einen kleinen Theil der dem peripheren Theil der Iris aufliegenden flockenreichen Parthie. V. oc. sin. = $5/60$. Bis zum 11' VIII war das Exsudat vollständig resorbirt und V. oc. sin. auf $6/60$ gestiegen. Die Therapie war die gleiche geblieben, nur wurden am 10. VIII 5 Blutegel an die linke Schläfe gesetzt. Da sonst keine Besserung der Iritis eingetreten war, wurde am 12. VIII mit Sublimatpeptoninjectionen (Dosirung s. o.) begonnen, unter welchen die Iritis bis zum 28. VIII heilte mit V. oc. sin. = $6/12$; die noch diffus getrübte Cornea liess nicht mit Sicherheit erkennen ob diffuse Glaskörpertrübungen vorhanden waren.

Fall VII.

Natalja Semënowa, 39. a. n., Dienstmagd, rec. 7. II 80, giebt an, seit ihrer frühesten Kindheit stets gesund gewesen zu sein, nur hat sich in letzter Zeit Neigung zu Obstipation entwickelt. Syphilis ist sicher nie vorhanden gewesen. Das linke Auge erkrankte vor 2 Jahren an Entzündung, die bei 7 Wochen lang dauernder ambulatorischer Behandlung geheilt wurde. Das rechte Auge war stets gesund. Jetzt ist das letztere seit dem 28. I unter fast beständigen rechtsseitigen Kopfschmerzen an Iritis erkrankt und ist durch die ambulatorische Behandlung mit Atropin und Compr. échauffantes keine bedeutende Besserung erzielt worden.

7. II. Guter Ernährungszustand; gar keine Zeichen const. Syphilis; kein Rheumatismus. Starke rechtsseitige Kopfschmerzen.

Linkes Auge: M. 12 D, V = $^6/_{60}$; sehr grosse Sclerectasia post.

Rechtes Auge: Starke Lichtscheu und Thränenträufeln. Bedeutende episclerale Injection; mässige diffuse Trübung der Cornea. In der vordern Kammer sieht man ein sehr trübes, grösstentheils aus vielen feinen, sich durchkreuzenden Flocken bestehendes Exsudat, das am Boden der Kammer am stärksten trübe ist und hier die meisten Flocken enthält, während im obern Theil der Kammer (etwa in $^1/_5$ derselben) das Kammerwasser weit klarer ist, so dass auch das Irisgewebe sichtbar is , das infiltrirt erscheint. Da Pat. gestern viel besser gesehen haben will, so ist es nicht unwahrscheinlich, dass dies Exsudat von gestern auf heute entstanden ist. Die Pupille ist nur sehr wenig erweitert; der Augenhintergrund lässt sich mit dem Spiegel nicht aufleuchten. V. oc. dx. = $^1/_{60}$. Ordination: Atropin (1 : 120) 2-stündlich.

8. II. Gegen Abend schwinden die auch gestern noch starken rechtsseitigen Kopfschmerzen. Status idem oc. dx.

9. II. Keine Schmerzen mehr gewesen. Episclerale Injection geringer geworden. Kammerwasser, oben ganz klar, lässt das mässig infiltrirte Irisgewebe ganz deutlich erkennen. Die Pupille nur wenig erweitert; viele Synechiae post. Mit Ausnahme einer ganz schmalen Parthie oben wird die ganze Pupille gedeckt durch ein gallertartiges Exsudat das nach oben hin von einem ganz scharfen nach oben convexen Rande begrenzt wird, unten in das wie gestern trübe, flockenreiche Exsudat am Boden der vordern Kammer übergeht. Es ist in seinem oberen Theile nur einige Mm. dick und liegt zwischen der vorderen Kapsel und der hinteren Cornealfläche, welche beiden es nicht zu berühren scheint; bei gleich scharfer Begrenzung im untern Theil und etwas rege mässiger runder Form könnte es eine luxirte Linse vortäuschen. Der scharfbegrenzte obere Theil lässt die einzelnen feinen Flocken nicht mehr deutlich erkennen, sondern ist ziemlich gleichmässig trübe.

Abends ist bereits etwa die Hälfte des Exsudats, besonders von oben her resorbirt, so dass die jetzt mehr erweiterte Pupille etwa zur Hälfte frei ist.

10. II. Das Exsudat ist bedeutend geschrumpft, hat sich allseitig scharf begrenzt, indem das gestern Abend noch vorhandene trübe flockenreiche Exsudat am Boden der Kammer vollständig geschwunden ist. Jetzt sieht man nur im untern Theil der mehr als gestern erweiterten Pupille eine in der Breite einige Mm. grosse, ovale, dünne gleichmässig trübe Scholle, die am untern Pupillarrande adhaerirt. Durch die mässig diffus getrübte Cornea ist der Augenhintergrund fast ganz scharf sichtbar: Myopie, bedeutende Sclerectasia post. Die episclerale Injection hat abgenommen.

Einige Stunden nachdem dieser Befund constatirt worden war, hatte sich das Exsudat vollständig resorbirt. Unter fortgesetztem Gebrauch von Atropin und Compr. échauffantes schwand die Iritis bis zum 28. II. Pat. wurde mit V. oc. dx. (M 12) = $^6/_{36}$ entlassen.

Fall VIII.

Hr. Jurojewsky, 25. a. n., Kaufmann, rec. 3. I 75, ist nie syphilitisch gewesen, hat auch nicht an Rheumatismus gelitten. Seit 4 Tagen ist das linke Auge erkrankt.

Das rechte Auge ist normal; das linke Auge bietet das Bild einer floriden Iritis mit ungewöhnlich intensiver Episcleralinjection und Bildung zahlreicher hinterer Synechien dar. Unter Behandlung mit Atropin, Ung. cin. cum extr. bellad., arteficiellen Blutegeln und Sublimat in Pillen 0,045 pro die nahmen alle entzündlichen Erscheinungen bis zum 13. I ein wenig ab. An diesem Tage trat nach der zweiten Blutentleerung unter weiterer Besserung der Entzündungserscheinungen ein gallertartiges Exsudat auf, welches den ganzen Pupillarraum deckt. Dasselbe resorbirte sich in einigen Tagen; die Iritis dauerte noch unter gleichbleibender Behandlung bis zum 7. II und endigte mit Zurücklassung einiger Synech. post. Die O. U. ergab ein negatives Resultat.

Von den jetzt folgenden 5 Fällen syphilitischer Iritis habe ich nur die zwei letzten selbst beobachtet. Hierher ist auch der oben bereits mitgetheilte Fall (№ IV) von Iridochoroiditis gummosa zu rechnen.

Fall IX.

Hr. N....., 42. a. n., Beamter, rec. 15. I. 75, hat an constitutioneller Syphilis gelitten, doch sollen seit 2 Jahren keine Symptome derselben mehr aufgetreten sein. Gegenwärtig besteht ausser mässiger Schwellung der Cervical- und Cubitaldrüsen kein Zeichen von Syphilis. Seit einer Woche ist das rechte Auge erkrankt.

Linkes Auge normal. Auf dem rechten Auge besteht eine parenchymatöse Iritis mit starken Reizerscheinungen. Die ganze Pupille ist gedeckt durch ein gallertartiges Exsudat. Unter einer sogleich eingeleiteten Inunctionscur und Atropininstillationen schwindet dasselbe bis zum 20. I bis auf einige membranöse Auflagerungen auf die vordere Linsenkapsel, während die Pupille sich nur mässig erweitert. Es lassen sich jetzt durch die O. U. flockige und diffuse Glaskörpertrübungen nachweisen. Die Iritis schwindet bis zum 9. II vollständig, doch bleibt V. oc. dx. = $6/12$ unter Fortbestehen geringer Glaskörpertrübungen.

Fall X.

Iwan Sikejew, 22. a. n., Soldat, rec. 31. III 67, hat vor 4 Jahren Ulcus syphil. penis acquirirt mit nachfolgenden allgemeinen Syphilissymptomen. Gegenwärtig ist Pat. kräftig, gut genährt und es lassen sich ausser

Lymphdrüsenschwellung keine Symptome von Syphilis nachweisen. Auf den Tonsillen und der Uvula sind Narben bemerkbar.

Rechtes Auge normal. Am linken Auge zeigt sich bei stärkerer Episcleralinjection ein leichter Beschlag der Descemetii und in der vordern Kammer eine etwa die Hälfte derselben ausfüllende, nach oben mit einem scharfen Rande begrenzte, eigenthümlich durchscheinende, gallertartige Masse, die nur bei schiefer Beleuchtung sichtbar ist und das Irisgewebe durchscheinen lässt. Ord.: Hirud. artef. ad temp. sin. und Atropin; mit einer Inunctionscur wird am 1. IV begonnen. An diesem Tage ist bereits das Exsudat vollständig geschwunden und hat sich ein stärkerer Beschlag der Descemetii gebildet. Bis zum 14. IV ist die Iritis vollständig abgelaufen.

Fall XI.

Olga Iwanowa, 18. a. n., Bäuerin, rec. 4. III 78, hat vor ungefähr 6 Monaten wegen florider constitutioneller Syphilis eine Mercurialcur durchgemacht. Jetzt ist die Haut rein, Lymphdrüsen geschwellt, starke Angina katarrhalis. Seit mehreren Tagen besteht Entzündung des rechten Auges. Linkes Auge normal.

Rechtes Auge: Mässige Episcleralinjection; Kammerwasser trübe; Iris verfärbt, infiltrirt; es bestehen zahlreiche Synechiae post. Ciliarneuralgie nicht stark. Ord.: Atropin 3-stündlich, Inunctionscur.

Bis zum 19. III schwindet die Injection des rechten Auges fast vollständig; die Pupille bleibt durch zahlreiche, persistirende Synechien unregelmässig erweitert. Angina und Lymphdrüsenschwellung sind geringer geworden.

Nachdem das Auge unter fortgesetzten Inunctionen etwa 10 Tage in diesem Zustande verblieben, entwickelt sich vom Boden der vordern Kammer ein rasch wachsendes Gumma, wobei gleichzeitig sehr starke Reizerscheinungen und Episcleralinjection auftreten und sich die ganze vordere Kammer mit einem gallertartigen Exsudat füllt. Häufigere (2-stündliche) Instillationen von Atropin, Fortsetzung der Inunctionscur und Kal. jodat. 0,6 pro die bewirken eine rasche Resorption des Exsudats und allmählichen Rückgang der Iritis, sowie Schwund des Gumma (bis zum 2. V). Pat. wird mit, bis auf die hinteren Synechien, normalem Auge entlassen.

Fall XII.

Jan Trott, 26. a. n., Handwerker, hat vor 6 Jahren an einer venerischen Krankheit gelitten; Syphilis soll es nicht gewesen sein; weder soll ein Geschwür am Penis vorhanden gewesen, noch bald nachher Ausschlag am Körper aufgetreten sein. Im Winter 1878—79 zeigte sich ein über den ganzen Körper verbreiteter, nichtjuckender Ausschlag mit gleichzeitigen starken Halsschmerzen; Knochenschmerzen sind nicht vorhanden gewesen. Pat. kam am 6. VI. 79 zum ersten Mal in die Ambulanz. Er ist nicht kräf-

tig gebaut, anaemisch. Ueber die Haut des ganzen Körpers verstreut finden sich massenhaft braune Pigmentflecke als Residuen des erwähnten Exanthems; Lymphdrüsen überall geschwollen; am Penis keine Narbe.
Rechtes Auge normal. Das linke Auge, seit einem Tage unter Röthung und Schmerzen erkrankt, zeigt mässige Episcleralinjection und Irishyperaemie.
Durch Atropin 3-stündlich wurde bis zum 9. VI ziemlich starke Mydriasis erzielt, doch bestanden ein paar Synech. post. Die Episcleralinjection hatte zugenommen, das Kammerwasser war mässig trübe geworden und das Irisgewebe erschien infiltrirt. Intermittirende Ciliarneuralgie. Ord.: Atropin 2-stündlich Ung. cin. cum extr. bellad. (8 : 1) ad frontem.
Am 11. VI. erscheint die Episcleralinjection sehr stark, die Ciliarneuralgie hat zugenommen. Die Pupille ist bis auf eine Synechie am obern Rande gut erweitert; das sichtbare Irisgewebe erscheint stark geschwellt. In der vordern Kammer liegt ein dickes gallertartiges Exsudat, das die ganze Pupille und den grössten Theil der Iris deckt, von welcher es fast überall nur einen peripheren Saum freilässt; oben aussen deckt es die Iris in ihrer ganzen Breite, so dass sich diese Parthie gewissermassen wie der Stiel des sonst rundlichen Exsudats ausnimmt; oben innen reicht es nur bis zum Pupillarrande. Letzterer ist durch das graugelbliche, scharf begrenzte Exsudat in seinen Conturen erkennbar, während das verdeckte Irisgewebe ganz unsichtbar ist. Der Augenhintergrund lässt sich mit dem Spiegel nicht aufleuchten. Das Sehvermögen ist auf Fingerzählen in $2^{1}/_{2}$ Meter gesunken, während es rechts $= {}^{6}/_{9}-1$ ist. — Es wird mit Sublimatpeptoninjectionen (Dosirung s. o.) begonnen und Ung. cin. c. bellad. ausgesetzt.
Am 12. VI wird Pat. ins Hospital aufgenommen. Alle Symptome sind sonst gleich geblieben; das gallertartige Exsudat aber ist vollkommen geschwunden, nur oben aussen liegt auf der Iris noch ein geringer flockig getrübter Rest desselben. Der Augenhintergrund ist aufzuleuchten, aber nicht sichtbar. $V = {}^{6}/_{60}$; Tn.
13. VI. Ciliarneuralgie geringer geworden; Kammerwasser klarer. V. oc. sin. $= {}^{6}/_{36}$.
20. VI. Ciliarneuralgie geschwunden; Episcleralinjection geringer geworden; Kammerwasser viel klarer. Der früher die Iris innen oben deckende Rest des Exsudats ist ganz geschwunden und es zeigt sich jetzt, dass hier ein weissgraues, an der Oberfläche schwach vascularisirtes, mässig vorragendes Gumma sitzt, das die ganze Breite der durch die Mydriasis stark verschmälerten Iris einnimmt. — $V = {}^{6}/_{24}$.
Bis zum 24. VI hat sich unter Abnahme aller Entzündungssymptome und Kleinerwerden des Gumma das Sehvermögen auf ${}^{6}/_{9}$ gehoben: Gesichtsfeld normal. Das jetzt klare Kammerwasser gestattet die O. U., welche einige flockige und ziemlich starke diffuse Glaskörpertrübungen nachweist.
Am 1. VII war die Iritis vollständig geschwunden, das Gumma resorbirt, $V = < {}^{6}/_{6}$, da die Glaskörpertrübungen noch nicht ganz geschwunden.
Am 4. VII wurde die Injectionscur beendigt und Pat. mit Kal. jodat.

entlassen. Die Glaskörpertrubungen schwanden erst nach weiteren zwei Wochen vollständig, wonach das Sehvermögen = $^6/_6$ wurde.

Fall XIII.

Anna Gerassimowa, 28. a. n., Wäscherin, stellt sich am 27. VIII 79 in der Ambulanz vor. Sie hat im Januar d. J. Ulcus syphiliticum, darnach Exanthem gehabt. Letzteres schwand bei Behandlung mit 24 Inunctionen grauer Salbe. An den Augen hat Pat. früher nicht gelitten. Jetzt ist seit 2 Tagen das linke Auge unter heftigen Schmerzen erkrankt. — Gegenwärtig lassen sich auf der Haut des Körpers eine Menge dunkelbraun pigmentirter Flecken nachweisen; Lymphdrüsen geschwollen.

Linkes Auge: Starke Episcleralinjection; das Kammerwasser ist sehr trübe; die Trübung desselben ist am dichtesten vor der Pupille und hier lassen sich bei schiefer Beleuchtung viele feine, sich durchkreuzende, weissliche Fäden unterscheiden. Am Pupillarrande sitzen oben innen drei hirsekorngrosse Gummata, weisslich mit braunem Rande, die allmählich in das übrige stark geschwellte Irisgewebe übergehen. V. oc. sin. = $^1/_{120}$. — Ord.: Atropin stündlich; Compr. échauffantes; Sublimatpeptoninjectionscur.

28. VIII Nachts Ciliarneuralgie gewesen. Kammerwasser klarer geworden. Vor der Pupille liegt ein einige Mm. dickes, gallertartiges, durchscheinendes, mässig scharf begrenztes Exsudat von dreieckiger Form, das mit der Basis des Dreiecks auf zwei der erwähnten Gummata ruht, mit der Spitze bis nahe an den gegenüberliegenden Pupillarrand reicht. Man sieht jetzt, dass am untern äussern Theil des letzteren noch drei kleine, braune Gummata sitzen. V = $^2/_{60}$.

Am 29. VIII war keine weitere Veränderung eingetreten. Pat. bekam die dritte Injection und blieb dann häuslicher Verhältnisse wegen bis zum 5. IX fort, während welcher Zeit sie nur Atropin brauchte. Bis zum 5. IX war die Episcleralinjection sehr gering geworden, das Kammerwasser geklärt, die Iris nur noch wenig infiltrirt. Von den Gummata war nur noch eins in früherer Grösse vorhanden, die übrigen bis auf einen geringen Rest resorbirt. Die Pupille war gar nicht erweitert, der Pupillarraum durch Exsudat verlegt. V = $^6/_{60}$. Es wurde der Pat. Sublimat innerlich verordnet und sie erschien nicht mehr in der Ambulanz.

Rechnen wir die soeben mitgetheilten Fälle mit den in der Litteratur sich findenden zusammen, so sind es im Ganzen 32. In denselben trat das gallertartige Exsudat auf bei

Iritis syphilitica . . . . 13 Mal
Iritis vielleicht syphilitischen Ursprungs . . . . . 4 „
Iritis idiopathica . . . . 5 „
Iritis rheumatica . . . . 3 „

Iritis traumatica nach Contusion des Bulbus . . . 4 Mal
„   „   „   perforirender Scleralwunde 1 „
Iridochoroiditis chron; nicht syphilitisch . . . . . 2 „

Rechnet man also diejenigen Fälle, in denen Verdacht auf Syphilis vorhanden war, mit zu den syphilitischen, so würde sich das gallertartige Exsudat etwas häufiger bei Iritis syphilitischen Ursprungs zeigen. Abgesehen aber von der Unsicherheit der Syphilisdiagnose in jenen 4 Fällen, ist das Ueberwiegen der Fälle syphilitischer Iritis mit gallertartigem Exsudat ein so geringes, dass es bei der ohnehin geringen Anzahl von Fällen im Ganzen, als von keiner Bedeutung erscheint. Wichtig ist es im Gegentheil zu constatiren, dass die Syphilis nach obiger Zusammenstellung keinen besonderen Einfluss auf das Auftreten des gallertartigen Exsudats zu haben scheint; es ist dies wichtig, weil man nach dem ersten auf die Schmidt'schen Fälle folgenden Veröffentlichungen von Gunning, Gruening und Kipp geneigt war einen Zusammenhang zwischen dem Auftreten des gallertartigen Exsudats und der syphilitischen Dyskrasie anzunehmen (cf. Mauthner l. c. p. 277), eine Annahme, die jetzt nicht mehr haltbar erscheint.

Wie aus den wenigen Fällen hervorgeht, in welchen das gallertartige Exsudat während der Behandlung der Iritis auftrat, ist die Entstehung desselben fast immer eine sehr rasche, bisweilen in wenigen Stunden erfolgende. Besonders auffallend rasch war die Entstehung in einigen Fällen von Iritis traumatica nach starker Contusion des Bulbus und es wurde hier für die Bildung des Exsudats von Heimann „Austritt einer coagulirbaren Flüssigkeit wahrscheinlich aus durch die Verletzung gesprengten Lymphkanälen" angenommen. Für diese Ansicht führte er auch den von Schliephake mitgetheilten Fall an, in welchem am folgenden Tage nach der Contusion sich plötzlich, nachdem Patient ohne Erlaubniss des Arztes das Bett verlassen hatte, Verschlechterung des Sehvermögens einstellte und bei der Untersuchung „auf der Iris nahe dem Ciliarrande ringsum an verschiedenen Stellen kleine Blutaustritte, am Boden der vorderen Kammer ein sehr kleines Hyphaema, aber die übrige vordere Kammer mit einem grossen, stark durchscheinenden Coagulum angefüllt" gefunden wurde. Da auch in den Heimann'schen Fällen kleine Blutextravasate gleichzeitig mit dem gallertartigen Exsudat aufgetreten oder vorhanden waren, so erscheint seine Ansieht durchaus annehmbar, obgleich in allen Fällen das Trauma zu Entzündungserscheinungen von Seiten der Iris geführt hatte, mithin die Möglichkeit eines entzündlichen Ursprungs des Exsudats wohl ins Auge zu fassen wäre.

Die gleiche Erklärung könnte für die von Knapp, Gruening und Kipp beobachteten Exsudate nach Iridectomie gelten, nicht aber für die bei Iritis idiopathischen oder dyskrasischen Ursprungs auftretenden. Hier sprechen keine Momente dafür, dass es sich um eine Lymphextravasation handelt, wenn man nicht aus den in zwei Fällen (Schmidt, Keyser) bald nachher oder gleichzeitig aufgetretenen Blutextravasaten auf eine verringerte Widerstandskraft nicht nur der Blutgefäss- sondern auch der Lymphraumwandungen schliessen will. Solche Blutextravasate waren aber in den übrigen Fällen nicht vorhanden. Mir scheint daher, dass man in diesen Fällen eine rasche Ausscheidung entzündlichen Exsudats für die Entstehung des gallertartigen Exsudats wird annehmen müssen, obgleich der Character des Exsudats nach den Beschreibungen zu urtheilen in allen Fällen ein ziemlich gleicher gewesen zu sein scheint. Für den entzündlichen Ursprung des Exsudats spricht auch der Umstand, dass die Ausscheidung desselben nicht immer eine rasche zu sein braucht, sondern relativ langsam vor sich gehen kann (Kipp). Ferner sehen wir, dass gewöhnlich, abgesehen von den Fällen wo Trauma stattgefunden, das Exsudat auf der Höhe der Entzündung oder unter Zunahme der Entzündungssymptome auftritt, doch sind allerdings auch ein paar Fälle (Gunning; s. o. Fall VIII) beobachtet worden, wo bereits alle entzündlichen Symptome bedeutend abgenommen hatten und trotz des auftretenden Exsudats regressiv blieben. Dass andererseits ein hoher Grad der Entzündungserscheinungen für die Entstehung des Exsudats nicht nothwendig vorhanden zu sein braucht, geht auch aus dem Falle (Gunning) hervor, wo die Entzündung überhaupt nur einen mässigen Grad erreichte. — Ein Weiterwerden der Pupille auf das Schmidt aufmerksam machte, tritt bei der Entstehung des Exsudats gewöhnlich nicht ein, scheint also auch in jenem Falle kein bedingendes, sondern ein nebenhergehendes Symptom gewesen zu sein.

In den Fällen von directem oder indirectem Trauma der Iris kann man die verletzte Stelle als Ausgangspunkt des gallertartigen Exsudats ansehen. In den übrigen Fällen lässt sich ein solcher Ausgangspunkt nur für die Iritis gummosa annehmen. Kipp sah in dem von ihm beobachteten Falle im Laufe dreier Tage vom Gumma knoten aus sich das Exsudat entwickeln, bis es fast die ganze vordere Kammer füllte. In meinen hierhergehörigen Fällen (№ IV, XII und XIII) war das Exsudat schon vorhanden bei der ersten Untersuchung oder bildete sich so plötzlich, dass die Entstehung nicht beobachtet werden konnte; bei der Rückbildung desselben aber erschien es wie mit einem Stiel oder einer breiteren Basis auf dem Gumma aufsitzend; es blieb ferner stets die über dem Gumma liegende Parthie am längsten bestehen und der ganze Resorptionsvorgang machte den Eindruck, als ob das Exsudat sich gewissermassen wieder auf seinen Ausgangspunkt (vielleicht die Stelle der stärksten Concentration) zurückzöge. Hieraus liess sich natürlich nicht mit Sicherheit schliessen, dass das Gumma den Ausgangspunkt für das Exsudat abgegeben habe. Diese Annahme erscheint aber doch sehr wahrscheinlich, besonders wenn man berücksichtigt, dass die Gummata an ganz verschiedenen Stellen sassen. — Im Gruening'schen Fall liessen die ungemein rasche Entwickelung des Exsudats, sowie der gleich rasche Schwund desselben eine Feststellung des Zusammenhangs zwischen Gumma und Exsudat nicht zu, es stellte sich aber bei beginnender Resorption des Exsudats, wie in meinen Fällen, die scharfe Begrenzung auf der dem Gumma gegenüberliegenden Seite der vorderen Kammer zuerst ein und ausserdem scheint die rasche Rückbildung des ersteren von der Grösse „einer halben Erbse" auf die eines Hirsekorns während des Bestehens des Exsudats (3 Tage) ebenfalls für eine Abhängigkeit des letzteren vom Gumma zu sprechen. — Nach diesen Fällen, den einzigen mir bekannten von Iritis gummosa mit gallertartigem Exsudat scheint es nicht unwahrscheinlich, dass hier das Gumma den Ausgangspunkt für das gallertartige Exsudat abgiebt. Dass es sich dabei um eine durch regressive Metamorphose im Gumma gebildete und in die vordere Kammer entleerte Masse handeln sollte, ist schon nach den Volumverhältnissen beider als Unmöglichkeit anzusehen; dazu kommt, dass das Exsudat in zwei Fällen bei beginnender Gummaentwickelung auftrat (Kipp; s. o. Fall XII). Es könnte aber wohl sein, dass das Gumma als die Stelle der Iris, an welcher der Entzündungsvorgang am lebhaftesten ist, dazu praedisponirt ist dem gallertartigen Exsudat als Ausgangspunkt zu dienen, vorausgesetzt, dass man das Exsudat als entzündliches Produkt und nicht als Extravasat ansieht.

Gruening hat darauf aufmerksam gemacht, dass das gallertartige Exsudat nur als eine Uebergangsform des schwammigen auzusehen sei, das Knapp und er auch bald nach Iridectomie hatten auftreten sehn. Weitere diese Beobachtung bestätigende Angaben finden sich in der Litteratur nicht. Ganz dem von Gruening entworfenen Bilde entsprechen nun einige meiner Fälle (№ VI, VII und XIII), die seine Ansicht vollkommen bestätigen und das schwammige, aus feinen, sich kreuzenden Fäden oder Bälkchen zusammengesetzte Exsudat als die erste Stufe des gallertartigen erscheinen lassen. Ersteres wird wohl deshalb so selten beobachtet, weil der Uebergang ein oft sehr schneller ist und wohl auch vielfach die genaue Untersuchung des trüben Kammerwassers nicht gemacht wird. Man sieht nämlich die feinen, weisslichen Fäden oder Bälkchen nur bei genauer Betrachtung bei schiefer Beleuchtung, bei welcher sie ein sehr zierliches Bild abgeben.

Die Frage nach dem Wesen des gallertartigen Exsudats kann man fürs erste, so lange keine chemische Analyse desselben vorliegt, nur mit Wahrscheinlichkeit dahin beantworten, dass es sich dabei um den Erguss einer sehr fibrinreichen Flüssigkeit handelt, die die Bedingungen zur Gerinnung in sich trägt (fibrinoplastische, fibrinogene Substanz und Ferment nach A. Schmidt). Das scharf begrenzte gallertartige Exsudat wäre demnach als das aus jener fibrinreichen Flüssigkeit gebildete Coagulum aufzufassen, welchen Eindruck es auch auf einen grossen Theil der Beobachter gemacht hat.

Im klinischen Verlaufe der Iritis bewirkt das Auftreten des gallertartigen Exsudats, abgesehen von der Sehstörung keine Veränderungen. Das Sehvermögen ist natürlich bei vollständiger Verlagerung der Pupille durch das nur durchscheinende Exsudat bedeutend herabgesetzt, bis auf Fingerzählen in $\frac{1}{2}$ Meter Entfernung (Fall XII und XIII), hebt sich aber nach Schwund des Exsudats ebenso rasch wieder, wie es gefallen, falls nicht andere Momente, Cornea- und Glaskörpertrübungen durch ihr Fortbestehen dasselbe behindern. — Schmerzen wurden nur ein Mal beim Auftreten des Exsudats gefühlt (nach Trauma, Schliephake). — Die Prognose der Iritis wird durch das Auftreten des Exsudats in keiner Weise beeinflusst.

Es ist in neuerer Zeit besonders von Schmidt, Hock, Drognat-Landré und Schnabel (l. l. c. c.) darauf aufmerksam gemacht worden, wie häufig bei Iritis syphilitica eine Mitleidenschaft der Choroidea, Retina und des Glaskörpers zu beobachten ist. Dieselbe manifestirt sich durch diffuse, seltener flockige Glaskörpertrübungen, die die Grenzen der Papille mehr oder weniger verschleiert erscheinen, bei stärkerer Entwickelung die ganze Papille nur undeutlich oder gar nicht erkennen lassen; bisweilen finden sich ophthalmoscopisch nachweisbare Veränderungen im Gewebe der Choroidea oder deutliche Infiltration der Retina. Ob es sich in den Fällen, wo ophthalmoscopisch keine Veränderungen in der Choroidea nachweisbar sind, um Retinitis mit Hyalitis ohne Affection der Choroidea handelt, wie Schnabel behauptet, ist hier nicht der Ort zu entscheiden; die Beweise Schnabel's scheinen mir aber keineswegs schlagend und ich folge daher der Förster'schen[1]) Auffassung, wenn ich gerade auch die Fälle mit leichten diffusen Glaskörpertrübungen und Verschleierung der Papillengrenze als Chorioretinitis bezeichne. Jene Behauptung nun, dass die Iritis syphilitica häufig von Chorioretinitis begleitet sei, kann ich im Allgemeinen nach meinen eigenen Beobachtungen vollständig bestätigen, obgleich ich numerisch die Häufigkeit der Chorioretinalaffection nicht angeben kann, weil im hiesigen Hospital bis vor Kurzem gewöhnlich nur bei hochgradigerer Sehstörung bei Iritis die ophthalmoscopische Untersuchung gemacht wurde und ich selbst ebenfalls im Beginn meiner Beobachtungen nicht jeden an Iritis leidenden Patienten ophthalmoscopirte. So oft ich dies nun in letzter Zeit gethan habe, konnte ich meist die gleichzeitig vorhandene Chorioretinitis nachweisen, die sich auch durch das unverhältnissmässige Schlechtbleiben des Sehvermögens bei Rückgang der Iritis deutlich documentirte. Der sichere Nachweis der Chorioretinitis lässt sich überhaupt meist erst beim Abfall der Iritis liefern, da im Anfang die so sehr häufig vorhandenen Trübungen der Cornea und des Kammerwassers bei der durch die Lichtscheu der Patienten erschwerten ophthalmoscopischen Untersuchung geringere Veränderungen im Augenhintergrund und namentlich die leichten diffusen Glaskörpertrübungen nicht sicher erkennen und beurtheilen lassen. Letztere bestehen auch nicht selten nach vollständigem Ablauf der Iritis nachdem das Gewebe der Iris vollkommen normal geworden, die Episcleralinjection vollständig geschwunden ist und gar keine Reizerscheinungen mehr vorhanden sind, noch längere Zeit, bis zu ein paar Wochen, fort und scheinen dann nur als Residuen der mit der Iritis abgelaufenen Chorioretinalaffection, nicht als Zeichen der Fortdauer dieser Entzündung gelten zu können, da sie auch ohne jede weitere Behandlung schwinden. Ueber den Einfluss, den sie auf

---

1) Graefes Archiv für Ophthalmologie Bd. XX. 1 p. 23.

die Verminderung der Sehschärfe am Schluss der Iritis ausüben folgen weiter unten noch einige Angaben. In einigen Fällen liessen sich ophthalmoscopisch Veränderungen im Gewebe der Choroidea nachweisen, wie sie Förster als Folgen der Chorioretinitis syphilitica beschreibt, und welche auch nach Ablauf der Iritis bestehen blieben. Hier hatte bisweilen nachweisbar schon vor der Iritis eine syphilitische Chorioretinitis bestanden, die in solchen Fällen denn auch gewöhnlich nach Ablauf der Iritis in neuen Anfällen auftrat und in der von Förster geschilderten Weise zu deletärem Ausgange führte.

Die Therapie der Iritis syphilitica bestand in allen 240 Fällen in einer Mercurialcur. Neben dieser wesentlichsten gegen das Grundübel gerichteten Behandlung wurden noch besonders local verschiedene therapeutische Maassnahmen ergriffen, deren kurze Besprechung ich hier vorauschicken will. — Zunächst wurde stets sogleich mit dem Instilliren einer starken Atropinlösung (1:120) ins erkrankte Auge begonnen, in den ersten Tagen alle Stunde oder alle zwei Stunden die Einträufelungen wiederholt und später je nach Maassgabe der Wirkung die Anzahl derselben herabgesetzt. Letzteres geschah auch wenn starkes Trockenheitsgefühl im Rachen auftrat. Stellte es sich heraus, dass totale oder fast totale Verlöthung des Pupillarrandes mit der vordern Linsenkapsel vorhanden war, so wurde öfter das Atropin bald ganz ausgesetzt. Der Atropingebrauch wurde gewöhnlich noch bis über den Schluss der Mercurialcur hinaus fortgesetzt, besonders wenn einzelne fortbestehende Synechien noch Aussicht auf Lösung gaben. — Durch dieses Verfahren gelang es, wie schon oben (pg. 18) mitgetheilt, nur in $1/4$ der Fälle, in denen sich bereits Synechien gebildet hatten, dieselben wieder zu lösen, doch fand auch in den übrigen Fällen vielfach wenigstens theilweise Lösung statt. Betreffs des Einflusses des Atropins auf die Schmerzen war mir ein Fall interessant, in welchem die an Iritis syphilitica ohne Synechiebildung leidende Patientin darüber klagte, dass die Ciliarneuralgie nur Morgens früh (5—6 Uhr) in ziemlich hohem Grade auftrete und einige Stunden dauerte. Ich fasste dies als veranlasst durch Nachlass der Atropinwirkung auf, da die letzte Atropineinträufelung um 10 Uhr Abends, die folgende erst am Morgen um 8 Uhr gemacht wurde, und verordnete ihr sofort nach dem Erwachen sich Atropin einzuträufeln. Bei diesem Regime schwand der beim Erwachen vorhandene Schmerz immer nach kurzer Zeit. — Eine allgemeine Atropinintoxication mässigen Grades wurde ein Mal bei einem 43 jährigen Mann beobachtet, dem die obige Atropinlösung alle zwei Stunden 4 Tage lang eingeträufelt worden war; sie schwand in zwei Tagen bei Herabsetzung der Instillationen auf ein Mal täglich. — Beim Vorhandensein hochgradiger Entzündungserscheinungen wurde gewöhnlich gleich nach der Aufnahme des Patienten ins Hospital ein künstlicher Blutegel (Heurteloup cyl. I) oder 5—6 natürliche an die entsprechende Schläfe, von den letzteren bisweilen auch 1—2 an das Septum narium derselben Seite angesetzt. Hielten die starken Entzündungserscheinungen längere Zeit an, so wurde die Blutentziehung wiederholt. — So weit meine Beobachtungen reichen, lässt sich meist nur eine geringe und vorübergehende Besserung der Schmerzen und der übrigen Entzündungserscheinungen durch die Blutentziehung erzielen und bleibt es oft noch fraglich, wie weit diese Besserung der oft gleichzeitig begonnenen Atropin- und Mercurialcur zuzuschreiben ist. Nichtsdestoweniger glaube ich, dass bei starken Entzündungserscheinungen die Blutentziehung gemacht werden muss; hervorheben wollte ich nur, dass eine eclatante Besserung, wie sie nicht selten bei den nichtparenchymatösen Iritiden nach der Blutentziehung erfolgt, hier nicht zu erwarten ist.

In 25 Fällen wurde die von Sperino[1]) empfohlene Evacuation des Kammerwassers mittelst Paracenthese der Cornea vorgenommen. Dieselbe wurde jedoch gewöhnlich nicht wie Sperino vorschreibt zu wiederholten Malen, sondern meist nur ein Mal gemacht, gleich zu Anfang bei der Aufnahme oder bei ausbleibender Besserung nach mehrtägiger Behandlung. Eine zweite (7 Fälle) oder dritte (2 Fälle) Wiederholung fand nur da statt, wo nach der Punction wieder Verschlechterung mit sehr heftigen andauernden Schmerzen eintrat oder bei wiederholter Hypopiumbildung. Letztere fand nur in einem, schon oben mitgetheilten Fall statt. Die Wiederholung der Paracenthesen geschah gewöhnlich erst nach einigen Tagen.

---

1) Etudes cliniques sur l'evacuation répétée de l'humeur aqueuse etc. Turin 1862.

Bei dieser Art der Anwendung bewirkten die Paracenthesen fast jedesmal sehr bald oder doch bis zum nächsten Tage eine bedeutende subjective Erleichterung durch den Nachlass der Schmerzen; ein Mal liess sich der Beginn der Mydriasis von dem Zeitpunkte ihrer Anwendung datiren. Der Verlauf der Krankheit gestaltete sich bei stets gleichzeitig angewandter Mercurialcur wie gewöhnlich günstig und schritt die Besserung mit Ausnahme der genannten Fälle, wo eine zweite und dritte Paracenthese nöthig wurde, stetig vorwärts. Die Dauer der Iritis aber erschien nur in drei Fällen verkürzt, sonst trat die Heilung in derselben oder auch in längerer Zeit, als die Durchschnittszahlen (s. u. Tabellen) angeben, ein. Synechien blieben, wenn sie sich schon gebildet, mit Ausnahme eines Falles, bestehen oder kamen nur zu theilweiser Lösung.

Aus diesen Angaben geht hervor, dass eine prompte Wirkung der Paracenthesen nur bezüglich der Schmerzen stattfindet, da der sonst günstige Verlauf, die in einigen Fällen verkürzte Krankheitsdauer auch ohne dieselben bei Mercurialcur allein sich finden. Dies gilt natürlich nur für die ein Mal oder in längeren Zwischenräumen 2—3 Mal in Anwendung gebrachten Paracenthesen, nicht für die häufig wiederholten, die hier, wie gesagt, nicht in Anwendung gezogen worden sind. Letztere scheinen nach Schmidt's Fall (s. u. pg. 58) zu urtheilen bei hartnäckiger Dauer und stetiger Neubildung von Gummata in der Iris trotz ausgiebiger Mercurialisation von günstiger Wirkung und müssten in ähnlichen Fällen versucht werden. — Abgesehen aber von diesen scheint mir aus dem Obigen hervorzugehen, dass die Anwendung der Paracenthese der Cornea da indicirt ist, wo die heftigen neuralgischen Schmerzen sich durch die Hypnotica nur unvollkommen und auf kurze Zeit beseitigen lassen, besonders wenn der Allgemeinzustand des Kranken eine wiederholte Verabreichung der letzteren nicht wünschenswerth erscheinen lässt. — Eine weitere Indication bildet das Vorhandensein eines grösseren Hypopium; die kleineren schwinden auch ohne Paracenthese. In den sonstigen Fällen erscheint die letztere besonders in Anbetracht des dyskrasischen Ursprungs der Iritis nicht indicirt

Während der Dauer der Iritis wurde das Auge unter leichtem Verbande gehalten, der bei beginnendem Abfall der Entzündung oft durch eine beständig getragene Compresse échauffante ersetzt wurde. Diese wurde in letzter Zeit auch gleich von Beginn der Entzündung an verordnet, wirkte entschieden befördernd auf die Resorption der Entzündungsprodukte und wurde von den Patienten immer sehr wohlthuend empfunden. Heftige Schmerzen erforderten die Verabreichung kleiner Dosen Morphium subcutan, innerlich oder in Salbenform, bei innerlicher Darreichung häufig zusammen mit Chinin (0,124 — 0,186). Ferner wurde in gleichen Fällen Unguentum cinereum cum extracto belladonnae (8 : 1) ad frontem in Anwendung gezogen. Entsprechenden Falls wurden die Tonica: Eisen etc. verabreicht.

So wichtig und unerlässlich auch die locale Behandlung ist, so bleibt doch bei dem dyskrasischen Ursprung der Iritis syphilitica natürlich die Allgemeinbehandlung die Hauptsache. Ohne die letztere ist die syphilitische Iritis selbst bei sorgfältigster localer Behandlung unheilbar, d. h. die Iritis nimmt auch ohne Allgemeinbehandlung schliesslich, nachdem sie chronisch geworden und sehr lange gedauert hat, ein Ende, wie jedes andere secundärsyphilitische Symptom, aber erst nachdem sie zu Verlust oder doch ganz erheblicher Verschlechterung des Sehvermögens geführt hat. Wie wenig die localen Mittel hier allein vermögen, davon habe ich mich mehrfach selbst überzeugen können, indem ich bei Anfangs zweifelhafter Diagnose der Syphilis nur Atropin, Blutegel etc. gegen die Iritis verordnete und jedesmal (mit Ausnahme zweier Fälle, wo kürzlich eine Inunctionscur beendet war) dabei Steigerung oder Gleichbleiben der Symptome beobachtete. — Aus einer mir vorliegenden Krankheitsgeschichte ersehe ich, dass eine etwa zwei Monate nach der syphilitischen Primäraffection aufgetretene Iritis 2 Monate lang mit Atropin ambulatorisch behandelt wurde ohne jegliche Besserung und erst nach Aufnahme der Patientin ins Hospital und Einleitung einer Sublimatcur in 25 Tagen zur Heilung kam. Mag hier der Gebrauch des Atropin von Seiten der ungebildeten Patientin (Bäuerin) kein regelrechter gewesen sein, so ist in folgendem Fall (mir von Dr. Magawly mitgetheilt), der viel klarer die Nothwendigkeit der Allgemeinbehandlung beweist, die locale Behandlung aufs Sorgfältigste ärztlich geleitet worden:

Fall XIV.

Eine 50—60 Jahre alte Dame aus den besten Kreisen, die an Iritis syphilitica erkrankt war, wurde von Mitte Juli bis Ende September 1879 von ihrem Arzt auf verschiedene Diagnosen hin hauptsächlich mit Atropin local behandelt, wobei der Krankheitsprocess nach einzelnen Remissionen immer wieder exacerbirte. Das Allgemeinleiden war nicht diagnosticirt und somit auch nicht behandelt worden. Als Ende September Dr. Magawly die Kranke sah, auf Grund eines über den Körper verbreiteten Exanthems und allgemeiner Drüsenschwellung die Diagnose auf Iritis syphilitica stellte und Inunctionscur verordnete, nahm unter derselben die Entzündung stetig ab und war nach 24 Einreibungen von Ung. cin. geschwunden.

Wie aus diesen Fällen aufs Neue hervorgeht, ist also die Behandlung des Grundleidens absolut nothwendig zur Heilung der syphilitischen Iritis. Während nun betreffs der Behandlung der constitutionellen Syphilis in ihren verschiedenen Stadien unter den Syphilidologen der Meinungsstreit über **mercurielle oder nichtmercurielle Behandlung** noch keineswegs sein Ende erreicht hat, ist es interessant zu constatiren, dass fast alle [1]) Ophthalmologen betreffs der Allgemeinbehandlung der Iritis syphilitica der sofortigen Einleitung einer energischen Mercurialcur das Wort reden. Hier hat der Antimercurialismus so gut wie gar keinen Boden gefunden. Diese Thatsache erklärt sich daraus, dass der gegen die mercurielle Behandlung der Syphilis erhobene Vorwurf sich immer mehr darauf bezog, dass durch dieselbe ein rascheres Auftreten der Recidive, eine grössere Anzahl und Bösartigkeit derselben hervorgerufen werde, während selbst die Gegner des Mercurs zugaben, dass der Gebrauch desselben oft ein rascheres Schwinden der Symptome der Syphilis bewirke. Dies letztere unzweifelhaft festgestellte Factum musste die Ophthalmologen veranlassen bei Behandlung der Iritis syphilitica dem Mercur vor allen übrigen Mitteln stets den Vorzug zu geben, da es sich hier in erster Linie natürlich darum handelt den bei längerer Dauer mit Verlust oder bedeutender Herabsetzung des Sehvermögens drohenden Krankheitsprocess möglichst rasch zum Schwinden zu bringen; hier würde selbst die Annahme der ungünstigen Wirkung des Mercurs auf den spätern Verlauf des Allgemeinleidens gegenüber der dringend erforderlichen Beseitigung des momentan drohenden Symptoms keine Contraindication gegen die Anwendung der mercuriellen Behandlung geben können. Jene Annahme ist nun aber keineswegs als irgendwie berechtigt anzuerkennen; im Gegentheil haben neuerdings Vajda und Paschkis[2]) aufs schlagendste nachgewiesen, dass ein ursächlicher Zusammenhang zwischen dem Hg

---

1) Ich fand in der ganzen neueren Litteratur als Gegner der mercuriellen Behandlung der Iritis syphilitica nur Gascoyen (Nagels Jahresbericht pro 1871 p. 251), dessen Arbeit mir nicht zugänglich war.
2) Ueber den Einfluss des Quecksilbers auf den Syphilisprocess. 1880.

und der Spätsyphilis nicht existirt. Ebensowenig hat der von v. Ammon früher angenommene ursächliche Zusammenhang zwischen Hg und Iritis, der ihn zur Aufstellung seiner Iritis syphilitico-mercurialis führte, später Bestätigung gefunden, vielmehr ist das Auftreten der Iritis syphilitica ohne vorhergegangene mercurielle Behandlung zur Genüge festgestellt, wie ich es auch besonders für die Iritis gummosa durch mehrere Beispiele bestätigen könnte. Andererseits ist gerade mehrfach aufmerksam gemacht worden auf das häufige Eintreten der Iritis nach furchtsamer, ungenügender mercurieller Behandlung (Förster). Haben also, wie gesagt, die Ophthalmologen bei Behandlung der Iritis syphilitica dem Hg fast immer den Vorzug gegeben, so geschah es, weil die übrigen antisyphilitischen Medicamente jenem an Sicherheit und Schnelligkeit der Wirkung bedeutend nachstehen. Dies gilt namentlich für die vegetabilischen Mittel, die meist überhaupt nur einen geringen Einfluss auf den Syphilisprocess ausüben; dann aber auch für die Jodpraeparate. Dieselben wirken gerade auf die secundären Syphilisformen, zu denen ja auch die Iritis gehört, nicht immer sicher und jedenfalls relativ langsam. Besonders fällt aber noch hier ins Gewicht, dass erfahrungsgemäss (Zeissl l. c. p. 359) den meisten Widerstand gegen die Jodtherapie neben den pustulösen Hautsyphiliden die Iritiden leisten, so dass deren Behandlung mit Jod allein durchaus irrationell erscheinen muss. Wie hartnäckig sich die syphilitische Iritis gegenüber der Jodtherapie erweist, kann ich durch zwei Beispiele illustriren, in welchen bei Abwesenheit jedes erschwerenden Moments 14 Tage lang in Summa 5,0 und 10,0 Kal. jodat. neben guter localer Behandlung gebraucht worden war, wonach nur unbedeutende Besserung eintrat. Die dann eingeleitete Inunctionscur bewirkte in 7 und 14 Tagen Heilung.

Muss hiernach die Anwendung der alleinigen Jodtherapie nicht berechtigt erscheinen, so ist dieselbe doch in den Fällen indicirt, wo eine Contraindication gegen das Hg vorliegt. Eine solche kann uns durch gleichzeitig mit der Syphilis vorhandene andere schwere Allgemeinleiden wie Tuberculose, Rhachitis, hochgradige Anaemie, Scorbut gegeben sein; bei Individuen aber, die abgesehen von ihrem syphilitischen Leiden gesund sind, scheint mir die einzige Contraindication gegen die Anwendung des Hg bei Iritis aus gleichzeitig vorhandenem, durch vor Auftreten der Iritis oder seit demselben verabfolgte Hg-curen entstandenem acuten Mercurialismus hervorzugehn. Auch hier könnte bei ungenügender Wirkung des Jod nach Schwund des Mercurialismus eine vorsichtig geleitete Hg-cur später Statt haben.

Ziemlich gleichwerthig werden sich Jod und Mercur in den Fällen gegenüberstehn, wo nach ausgiebiger Hg-behandlung der Organismus des Patienten sehr geschwächt ist. Da hier von den Hgpräparaten nur die weniger eingreifenden, langsamer wirkenden in Gebrauch gezogen werden können, wie es im hiesigen Hospital in einem derartigen Falle mit dem Decoctum Zittmanni erfolgreich geschehen ist, so wird man denselben Effect auch mit den Jodpräparaten zu erzielen vermögen. Hat dagegen eine derart ungünstige Einwirkung auf den Organismus des Patienten durch die unlängst verabfolgte Mercurialcur nicht stattgefunden, so ist eine Wiederholung derselben beim Auftreten der Iritis der alleinigen Jodtherapie durchaus vorzuziehen, da es sich nicht sicher bemessen lässt, ob das Hg noch im Organismus vorhanden oder bereits ausgeschieden ist, eine schädliche Wirkung desselben aber nicht eintreten kann, falls man es rechtzeitig nach Eintritt der ersten Intoxicationssymptome aussetzt. Bei Behandlung mit Jod allein könnte hier leicht eine Verzögerung des Krankheitsverlaufs stattfinden und zu ungünstigem Ausgang Veranlassung geben.

Dass das Hg auch bei Wiederholung nach kürzlich stattgehabtem Gebrauch gut vertragen wird und präcise wirkt, dafür kann ich drei Fälle anführen, in welchen die Iritis einige Tage nach Beendigung oder gegen Ende einer der constitutionellen Syphilis wegen eingeleiteten Hg-cur eintrat. Unter erneuerter Behandlung mit Ung. cin. oder Sublimat schwand die Iritis in 2—5 Wochen ohne dass das Allgemeinbefinden der Patienten dabei bemerkenswerth gelitten. Dass hier rein locale Behandlung der Iritis nicht zu einem befriedigenden, dauerhaften Ziel geführt hätte, geht mir aus zwei weiteren Fällen hervor, in welchen die der syphilitischen Primäraffection wegen gebrauchte Inunctionscur vor 4 Wochen beendet worden war und in dem einen Fall noch Salivation bestand. Die Iritis ging auf Atropin und Blutegel in 3 Wochen bis auf geringe Spuren zurück, recidivirte aber exacerbirte vielmehr nach 2—3 Wochen in sehr heftiger Weise und heilte unter jetzt eingeleiteter Hg-cur definitiv in 2 Wochen mit Hinterlassung mehrfacher hinterer Synechien.

Ist die alleinige Jodtherapie nur selten bei der Iritis syphilitica indicirt, so fragt es sich ob die gleichzeitig mit der Mercurialcur stattfindende Verabreichung der Jodpräparate einen rascheren und günstigeren Heilungsverlauf zu bewirken im Stande ist, als die Mercurialcur allein. Aus meinem Material vermag ich leider keine präcise Antwort auf diese Frage zu geben. Wohl wurde in mehreren meiner Fälle vom Beginn der Hg-cur an oder nach Ablauf einiger Tage gleichzeitig Kal. jodat. oder Natr. jodat. gebraucht, die Anzahl der Fälle ist jedoch einerseits durchaus nicht gross genug um einen allgemeinen Schluss zu gestatten, andererseits wurde gerade mehrfach in schweren, chronischen Fällen zum Jodkalium gegriffen, in welchen die zwar stets eintretende Heilung doch eine relativ lange Zeit in Anspruch nahm. Mittheilen will ich, dass in 4 Fällen ohne erschwerende Momente die Heilung 12—16 Tage in Anspruch nahm bei einem Verbrauch von durchschnittlich 33,0 Ung. cin. mit 11,0 Kal. jodat. Obgleich hier die Dauer ziemlich gleich der unten (cf. pg. 73) für die Behandlung mit Ung. cin. allein constatirten ist, so glaube ich doch annehmen zu müssen, dass, nach den bekannt günstigen Erfahrungen, die man bei der Behandlung der constitutionellen Syphilis bei gleichzeitiger Verordnung des Hg und Jodkalium gemacht hat, auch bei der Iritis das Zusammenwirken beider Medicamente in vielen Fällen von grossem Nutzen sein dürfte. Ich würde betreffenden Falls dieselben auch in Anwendung ziehen selbst auf die vielleicht vorhandene Gefahr hin, dass dadurch leichter ein Recidiv der constitutionellen Syphilis auftritt und die Disposition zur Salivation etwas gesteigert wird. Lewin[1]), der diese letztere Anschauung vertritt, constatirte gleichzeitig, dass die subcutanen Sublimatinjectionen allein nicht so rasch den Schwund der Syphilissymptome bewirkten, als bei gleichzeitigem Gebrauch des Jodkalium. Nach den für die Therapie der constitutionellen Syphilis grösstentheils geltenden Anschauungen würden sich für die gleichzeitige Behandlung mit Hg und Jodpräparaten besonders die Fälle eignen, in welchen die Iritis relativ spät nach der Primäraffection aufgetreten ist oder gar von tertiären Erscheinungen der Syphilis begleitet ist. Ferner scheinen mir für diese Behandlung auch die Fälle zu passen, wo sich die Iritis während oder sehr bald nach einer Hg-cur entwickelt hat, sowie jene, in welchen bei reiner Mercurialcur nach der ersten Remission eine neue starke Exacerbation der Iritis auftritt. Endlich hat dort, wo die zuerst eingeleitete reine Mercurialcur nicht

---

1) Die Behandlung der Syphilis mit subcut. Sublimatinjectionen. 1869.

baldige Besserung schafft, der gleichzeitige Gebrauch der Jodpräparate einzutreten.

Mag man nun der gleichzeitigen Verordnung der Jodpräparate eine weitere oder geringere Ausdehnung geben, so ist doch jedenfalls mit Ausnahme der oben besprochenen Fälle stets eine **mercurielle Behandlung einzuleiten**. Auf dieser Anschauung, die im hiesigen Hospital seit langer Zeit gegolten hat und noch gilt, fussend, hat man alle die Fälle syphilitischer Iritis, die mein Material bilden, gleich nach der Aufnahme einer Mercurialcur unterzogen. Die Resultate derselben scheinen mir nun vollständig jene Anschauung zu rechtfertigen. Ich will sie in Folgendem kurz allgemein darlegen, manche genauere Daten folgen bei Besprechung der einzelnen Hg-präparate.

In jedem Falle gelangte die Iritis je nach ihrem Verhalten in kürzerer oder längerer Zeit zur Heilung, mit Ausnahme eines einzigen bereits oben (Fall III) mitgetheilten Falles von Iridochoroiditis gummosa, in welchem es trotz der Hg-behandlung nach nur geringer anfänglicher Besserung zum Auftreten eines neuen gummösen Knotens, Verlust des Sehvermögens, beginnender Atrophie des Bulbus kam und Patient ungeheilt entlassen werden musste, da der Ausbruch von Scorbut zu befürchten stand. Ich kann diesen Fall nun nicht als Beweis für die Unwirksamkeit des Hg in einzelnen Fällen, sondern nur als Beispiel für die Richtigkeit der oben aufgestellten Contraindicationen gegen die Hg-behandlung gelten lassen. Die durch den energischen Hg-gebrauch zunehmende Schwäche und Anaemie des Patienten, die schon bei der Aufnahme wohl im Entstehen begriffene und allmählich sich steigernde scorbutische Diathese musste der schon begonnenen Heilung direct entgegen wirken und sie verhindern, während eine tonisirende, mit einem langsam aber milde wirkenden Antisyphiliticum verbundene Behandlung zur Hebung der Körperkräfte, zum Schwinden des beginnenden Scorbut und zur allmählichen Heilung des syphilitischen Augenleidens zu führen vermochte.

Hiermit will ich aber keineswegs behauptet haben, dass nicht in einzelnen seltenen Fällen das Hg gegenüber der Iritis und Iridochoroiditis gummosa seine Wirkung versagt, wenn auch keine Contraindication gegen den Gebrauch desselben vorliegt. Solche Fälle sind hier nicht beobachtet worden, es ist aber bekannt, dass die nicht häufig beobachtete Iridochoroiditis gummosa bei sehr stürmischem

Verlauf trotz aller angewandten Mittel zur Atrophie des Bulbus zu führen pflegt; von Iritis gummosa fand ich in der Litteratur nur zwei Fälle (Alfred Graefe, Schmidt l. c.), in denen trotz energischer Anwendung des Hg sich stets neue Gummata bildeten oder die bestehenden unaufhaltsam fortwucherten. In dem einen Fall (Graefe), in welchem auch die Entziehungscur erfolglos gewesen war, wurde durch die Iridectomie Heilung mit Verlust des Sehvermögens, im anderen (Schmidt) durch wiederholte Paracenthesen Heilung mit Erhaltung des Sehvermögens erzielt. — Zu diesen letzteren, als dem weniger eingreifenden und doch von Erfolg gekrönten Verfahren, wird man sich in entsprechenden Fällen zu entschliessen haben, da eine andere Medication als das Hg hier gegenüber dem bedrohlichen Fortschreiten der Krankheit auch nicht indicirt erscheinen kann. Bei der Gefahrlosigkeit der wiederholten Paracenthesen braucht man auch nicht bis zum Aeussersten mit denselben zu warten, obgleich Mauthner (l. c.) die spontane Rückbildung eines trotz der Mercurialcur rasch wachsenden Gumma, das schon den grössten Theil der vordern Kammer füllte, doch noch erfolgen sah.

Mit Ausnahme des genannten Falles also trat in kürzerer oder längerer Zeit stets Heilung ein. Am günstigsten verliefen die Fälle, in welchen die Iritis erst seit kurzer Zeit bestand, sich erst wenige, zum Theil oder vollständig durch Atropin lösbare hintere Synechien mit wenig oder gar keinem Exsudat im Pupillarraum gebildet hatten und die Betheiligung der Retina und Choroidea eine nur geringe war oder fehlte. Sie bilden den bei weitem grössten Theil aller Fälle. Hier trat auch bei hochgradigen Reizsymptomen, bei stark entwickelter, acuter Entzündung relativ am schnellsten vollständige Heilung ein, und war auch das Sehvermögen, so weit ich das nach den von mir selbst beobachteten Fällen beurtheilen kann, am Schluss der Behandlung oder bald nach demselben meist wieder normal geworden. Leider ist hier früher die Prüfung des Sehvermögens am Schluss der Behandlung meist nur dort gemacht worden, wo die Herabsetzung desselben dem Patienten oder Arzt auffiel; daher finde ich von den eben characterisirten, leichteren Fällen nur in 20 am Schluss der Behandlung das Sehvermögen notirt, wonach 15 Mal $V = \frac{6}{9} - 1$. 4 Mal $V = \frac{6}{12}$ und 1 Mal $V = \frac{6}{18}$ war. Aus meinen eigenen Beobachtungen (cf. Tab. III) geht hervor, dass in 14 hierhergehörigen Fällen am Schluss oder einige Tage nach Schluss der Behandlung 11 Mal $V = \frac{6}{9} - 1$, nur 3 Mal $\frac{6}{12}$ und $\frac{6}{18}$ war.

Bei Vorhandensein starker entwickelter Keratitis, eines oder gar mehrerer Gummata der Iris, höhergradiger Affection der Choroidea und Retina war der Verlauf protrahirter und nahm die Heilung längere Zeit in Anspruch. Am hartnäckigsten aber erwiesen sich die Fälle, in welchen die Iritis erst nach längerem Bestehen in Behandlung kam, wo sie in Folge dessen bereits einen chronischen Character angenommen hatte, es zur Bildung totaler oder fast totaler hinterer Synechien und bedeutender Exsudatmassen im Pupillarraum gekommen war. Hier trat die Heilung nur ausnahmsweise in 2—3 Wochen ein, wie es die Regel bei den acuteren Fällen ohne besondere Complicationen bildet, meist vergingen 4—5, in mehreren Fällen sogar 7 Wochen ehe die Iritis als abgelaufen betrachtet werden konnte. Auch dann noch blieb bisweilen ein geringer Reizzustand und geringe auf unbedeutende Veranlassung zunehmende Injection der Conjunctiva bulbi zurück, die erst nach einer Iridectomie definitiv schwanden. Das Sehvermögen hob sich in den meisten dieser Fälle auch nach der Iridectomie nicht über $\frac{6}{60}$. Ob dieses durch eine gleichzeitige Chorioretinitis mit bedingt wurde, liess sich gewöhnlich nicht bestimmen, weil die ophthalmoscopische Untersuchung nicht möglich war; in einigen Fällen wurden aber nach der Iridectomie diffuse und flockige Glaskörpertrübungen gefunden, wonach zu urtheilen die Chorioretinitis in diesen Fällen wahrscheinlich eine nicht unwichtige Rolle spielt.

Waren somit die Heilresultate im Ganzen recht günstige, so darf ich doch einer Thatsache nicht unerwähnt lassen, aus welcher ein Vorwurf gegen die mercurielle Behandlung gemacht werden könnte. Es sind in der Litteratur mehrfach Fälle mitgetheilt worden (Lewin, Schmidt, Nettelship l. l. c. c.), in welchen die Iritis während einer mercuriellen Behandlung anderer Syphilissymptome oder gleich nach Beendigung einer solchen auftrat oder endlich eine Exacerbation der Iritis während des Hg-gebrauchs stattfand. Hierhergehörige Fälle habe ich bereits pg. 55 mitgetheilt, wo 1 Mal gleich nach Beendigung und 2 Mal gegen Ende einer im Hospital verabfolgten Mercurialcur Iritis auftrat. In einem dritten Fall, der auch bereits erwähnt worden ist (s. o. Fall XI), trat nach vierwöchentlicher Inunctionscur, nachdem bereits 10 Tage lang die Iritis bis auf ganz unbedeutende episclerale Injection geschwunden war eine Exacerbation derselben unter starken Reiz- und Entzündungserscheinungen mit Bildung eines rasch wachsenden Gumma auf; erst nach weiterer vierwöchentlicher Behandlung mit Inunctionen (Ung. cin. 2,48 pro die) nebst Jodkalium und starker Atropinlösung war das Auge bis auf einige restirende Synech. post. vollständig normal geworden.

Aus diesen Fällen scheint eine ungenügende Wirkung des Mercurs auf die Iritis syphilitica hervorzugehn und Gegner desselben könnten sich auf dieselben stützen, wenn nicht in allen Fällen es unter fortgesetzter oder von Neuem eingeleiteter mercurieller Behandlung doch zur Heilung der Iritis gekommen wäre. Zieht man dies letztere Factum in Betracht, so muss man zugeben, dass das Hg seine günstige Wirkung gegenüber dem Syphilissymptom auch hier schliesslich geäussert, nur bleibt es fraglich, wie nach längerer Einwirkung des Hg auf den Organismus, wenn dasselbe ein Specificum gegen Syphilis ist, von Neuem Syphilissymptome auftreten oder sich in ihrer Intensität steigern können. Ich sehe mich ausser Stande diese Frage zu beantworten, um so mehr als ich selbst solche Fälle nicht beobachtet habe, mir scheint aber, dass es sich hier theils um in ungenügender Weise verabfolgte Mercurialcuren, theils um durch irgend welche Ursachen von Neuem gesteigerte Intensität des Syphilisprocesses, die die bis dahin geäusserte Hg-wirkung überwindet, handelt.

Ein weiterer Vorwurf gegen die mercurielle Behandlung könnte aus der Thatsache entnommen werden, dass in einigen Fällen das Hg nicht bis zum vollständigen Schwunde der Iritis fortgebraucht werden kann, weil Stomatitis und Salivation eintreten, die zum Aussetzen des Hg und Verordnung eines anderen Antisyphiliticums nöthigen. Das ist jedoch natürlich nur dann der Fall, wenn die Stomatitis und Salivation nicht ganz unbedeutend sind; sind sie geringfügig, so genügt oft ein Pausiren in der Hg-behandlung von wenigen Tagen um dieselben zum Schwinden zu bringen oder man erreicht dieses Ziel durch erhöhte Vorsicht bei Verabfolgung des Hg und sorgfältige Reinhaltung des Mundes mittelst Kali chloricum etc. — Zum Aussetzen des Hg in Folge stärkerer Salivation und Stomatitis und zur Verordnung eines anderen Antisyphiticums war man in meinen Fällen nicht häufig, im Ganzen 6 Mal gezwungen. Unter diesen war zwei Mal wesentliche Besserung bei Eintritt der Salivation vorhanden und wurde noch zwei Wochen lang Kal. jodat. bis zur vollständigen Heilung gebraucht, 4 Mal dagegen war durch den Gebrauch des Hg nur sehr geringe oder gar keine Besserung erfolgt und musste Kal. jodat. noch 3—4 Wochen bis zum Schwunde der Iritis angewandt werden. — Erscheint nun schon durch die geringe

Anzahl dieser Fälle, in denen die Heilwirkung des Hg durch seine ungünstige Nebenwirkung paralysirt wurde, der Vorwurf gegen die mercurielle Behandlung als nicht schwerwiegend, so muss derselbe vollkommen fallen, wenn man bedenkt, dass die Wirkung des Hg auf Speicheldrüsen und Mundschleimhaut je nach den verabfolgten Präparaten eine sehr verschiedene ist und sich durch sorgfältige Vorsichts- und Reinlichkeitsmaassregeln bei der Verabfolgung sehr bedeutend verringern lässt. Meiner Meinung nach, die ich weiter unten noch specieller begründen werde, muss man die Schuld für das rasche Auftreten einer stärkeren Stomatitis und Salivation einzelnen Präparaten, die deshalb auch zu meiden sind, oder der fehlerhaften Application anderer zuschreiben. Jedenfalls glaube ich, dass bei sorgfältiger Verabfolgung der Mercurialcur und richtiger Auswahl des Präparats im Einzelfall, sich stärkere Stomatitis und Salivation stets wird vermeiden lassen. — Dass die letztere stets zu vermeiden und nicht etwa einer „kritischen" Bedeutung wegen bei der Behandlung anzustreben ist, halte ich für unzweifelhaft. Eine solche „kritische" Bedeutung, wie sie Ricord[1]) der Salivation bei Behandlung der Iritis mit Hg zuschreiben wollte, existirt nach meinen Fällen entschieden nicht. In dem einen Fall, wo die Iritis gleichzeitig mit dem Eintritt der Salivation rückgängig wurde, muss dieses als zufälliges Zusammentreffen aufgefasst werden, wenn man demselben 25 Fälle meist geringgradiger Salivation gegenüberstellt, in welchem der Eintritt der Salivation grösstentheils (17 Mal) kurz vor Ablauf der Iritis, sonst während des Zurückgehens oder auf der Höhe derselben auftrat. Gegen die kritische Bedeutung der Salivation spricht auch sehr eclatant ein Fall, den Nettelship (l. c.) mittheilt, wo bei bestehender Salivation eine neue Exacerbation der Iritis auftrat. — Eine derartige kritische Bedeutung schrieb man früher der Salivation für die Heilung der Syphilis überhaupt zu, bis die Unberechtigung zu dieser Annahme nachgewiesen wurde[2]). Theoretisch lässt sich ein Zusammenhang zwischen der Salivation und dem Schwinden der Syphilissymptome jetzt auch gar nicht mehr denken, nachdem es nachgewiesen worden (O. Schmidt[3]), Vajda und Paschkis l. c.

---

[1]) Nagels Jahresbericht pro 1872, p. 291.
[2]) Sigmund, Wiener med. Wochenschr. 1857, 22 und 28.
[3]) Beitrag zur Frage der Elimination des Hg aus dem Körper etc. Inaug. Diss. Dorpat 1879. p. 68 und 70.

pg. 308), dass die Salivation nicht als Zeichen der Sättigung des Organismus mit Hg anzusehen ist.

Im Vorstehenden habe ich meine Ansicht über die mercurielle Behandlung der Iritis syphilitica entwickelt ohne auf die einzelnen Präparate des Hg und deren Anwendungsweise Rücksicht zu nehmen. Fragen wir uns jetzt, welches von diesen letzteren bei der Behandlung der Iritis am meisten indicirt ist, so wird sich dies nach folgenden Hauptbedingungen, die durch das einzelne Präparat erfüllt werden müssen, entscheiden lassen:

1. Das Hg-präparat darf auf den Gesammtorganismus oder Theile desselben keine derart schädliche Wirkung ausüben, dass dadurch leicht eine zeitweilige Unterbrechung oder ein vollständiges Aussetzen der mercuriellen Behandlung nothwendig werden kann.

2. Die antisyphilitische Wirkung des Hg-präparats muss sicher erfolgen und

3. Die Heilung der Iritis muss möglichst rasch durch das Hg-präparat bewirkt werden.

Auf eigenes Material, das durch seine Grösse zur Bildung eines eigenen Urtheils berechtigte, kann ich mich bei der folgenden Untersuchung nur betreffs der Behandlung der Iritis mit Sublimatpillen, Unguentum cin. und Sublimatpeptoninjectionen stützen; bei Besprechung der übrigen Hg-präparate muss ich daher in Folgendem grössten Theils auf den Beobachtungen und Angaben Anderer fussen.

Was nun zunächst das Calomel bei innerlichem Gebrauch anbetrifft, so ist es bekannt, dass durch dasselbe rasch Stomatitis und stärkere Salivation hervorgerufen wird, ohne dass gleichzeitig eine genügende antisyphilitische Wirkung stattgefunden zu haben braucht. Die Mundaffection lässt sich auch bei grosser Reinlichkeit oft nicht vermeiden und nöthigt natürlich, wenn sie in stärkerem Grade aufgetreten ist, zum Aussetzen des Calomels. Da in diesem Falle ein Uebergehen auf ein anderes Hg-präparat, vielleicht mit Ausnahme der subcutan applicirten Sublimatpräparate, die am wenigsten auf Speicheldrüsen und Mundschleimhaut wirken, gewagt erscheinen muss, so wäre man zum Aufgeben der mercuriellen Behandlung und Verordnung der langsamer und nicht immer sicher wirkenden Jodpräparate gezwungen. Auf diese Weise kann in einem Falle, der durch andere Hg-präparate rasch und leicht geheilt worden wäre, durch den Gebrauch des Calomels eine bedeutende Verzögerung in der Heilung bewirkt werden, die je nach ihrer Dauer zu mehr oder weniger schlimmen Folgen zu führen vermag. Wie rasch Stomatitis nach Calomel auftreten kann, sah ich in einem Fall von Neuroretinitis, in welchem die Hg-wirkung rasch hervorgerufen werden sollte; nach 1½ Tagen und Calomel in Summa 0,74 war starke Schwellung der Submaxillardrüsen, Salivation, Foetor ex ore, Schwellung und Verfärbung des Zahnfleisches eingetreten, die zum Aussetzen des Mittels nöthigten.

Zur Behandlung der Iritis syphilitica ist die innerliche Verabreichung des Calomel der „raschen Wirkung" wegen mehrfach warm empfohlen, aber auch öfters als schädlich und unsicher verworfen worden. Vielleicht ist das erstere Urtheil mit dadurch hervorgerufen worden, dass man die Salivation für ein Zeichen der Sättigung des Organismus mit Hg hielt; die rasche Erreichung dieses Zieles strebte man aber gerade bei Behandlung der syphilitischen Iritis an und musste demnach das Calomel für das hierzu geeignetste Mittel erklären. — So viel mir bekannt, pflegt dasselbe in den Fällen, wo es keine Salivation bewirkt, recht präcise antisyphilitisch zu wirken, zur Beantwortung der Frage aber, ob die Heilung der Iritis bei Gebrauch des Calomel eine besonders rasche ist, fehlen genügend zahlreiche vergleichende Beobachtungen. Ich fand, dass in zwei Fällen leichter Iritis bei Behandlung mit Calomel (Summa 1,3) die Heilung in 14 und 15 Tagen eingetreten war, welcher Zeitraum gegenüber der Verlaufsdauer bei Behandlung mit Ung. cin. oder subcutanen Injectionen (cf. pg. 73 und 81) keineswegs kürzer erscheint.

Da somit das Eintreten einer rascheren Heilung durch den innerlichen Gebrauch des Calomel nicht nachgewiesen ist, der Erfolg der Behandlung aber durch die oft eintretende Stomatitis leicht in Frage gestellt werden kann, so glaube ich, dass die innerliche Verabreichung des Calomel bei syphilitischer Iritis in Anbetracht dessen, dass wir ebenso gut wirkende Hg-präparate ohne jenen Nachtheil besitzen, aufzugeben ist.

Eine Ausnahme lässt sich bei kleinen (zahnlosen) Kindern machen, bei welchen Calomel bekanntlich viel schwerer Mundaffection bewirkt; in den seltenen Fällen, wo bei diesen sich eine Iritis syphilitica zeigt, wird man daher den innerlichen Gebrauch von Calomel ohne Nachtheil anordnen können.

Denselben Nachtheil der rasch eintretenden Mundaffection bringt auch die Anwendung des Calomel in Form subcutaner Injectionen mit sich. Sigmund[1]), welcher den sonst gewöhnlich gebrauchten grossen Dosen (20—30 Cgr. alle 8—10 Tage) die häufigere Application (alle 3—4 Tage) kleinerer Dosen (0,05—0,10) vorzieht, hebt hervor, dass bei beiden Arten der subcutanen Calomelinjection sich „auffallend rasch, bisweilen schon am vierten Tage die Erscheinungen von Zahnfleischschwellung, Röthung und Necrose des Saumes, sowie Salivation entwickelten"; leichter trat dies bei Vorhandensein fehlerhafter Zähne ein.

Ausser diesem in seiner Bedeutung schon oben gewürdigten Nachtheil, kommt für die subcutanen Calomelinjectionen noch der weitere in Betracht, dass sich an der Stelle der Injection ein Abscess bildet, der in kürzerer oder längerer Zeit aufbricht oder entleert werden muss. Bei Application grosser Dosen ist das immer der Fall, bei Gebrauch der kleineren aber will Sigmund keine Abscessbildung und nur geringe Schmerzhaftigkeit und Reaction an der Injectionsstelle beobachtet haben. Dieser Angabe strikt gegenüber steht die Mittheilung Zeissl's (l. c. p. 378), nach welcher bei subcutaner Injection noch kleinerer Dosen (0,02) Calomel, als sie Sigmund verabfolgte, „trotz aller Umsicht und der tadellosesten Technik" immer bald Abscessbildung an der Injectionsstelle eintrat.

Bezüglich der Wirkung dieser Injectionen auf die constitutionelle Syphilis stimmen beide Forscher dahin überein, dass jene rascher das Schwinden der Syphilissymptome bewirken als die subcutanen Sublimatinjectionen; Zeissl sah die Heilung in 12—18 Tagen eintreten; Sigmund hebt ausserdem die tiefer greifende und nachhaltigere Wirkung hervor. So viel mir bekannt, sind Versuche der Behandlung syphilitischer Iritis mit jenen kleineren Dosen Calomel subcutan bisher nicht gemacht worden; mit grösseren Dosen (20—30 Cgr.) ist die Iritis syphilitica nur in Italien mehrfach behandelt worden, sonst hat diese Methode bisher noch gar keinen Anklang und Nachahmung gefunden. Die mitgetheilten 17 Fälle[2]), in welchen die Injectionen meist in die Schläfe, seltener in den Arm gemacht wurden und stets Abscessbildung an der Injectionsstelle folgte, wurden alle geheilt, 2 Mal mit Bildung zahlreicher hinterer Synechien und Exsudatbildung im Pupillarraum, welche eine Iridec-

---

1) Ueber neuere Behandlungsweisen der Syphilis. 1876 p. 13.
2) Quaglino, Flarer, de Magri, Morano und Saltini. cf. Nagels Jahresberichte pro 1870 p 246 und 247, pro 1871 p. 207, pro 1872 p. 291 und pro 1876 p. 288.

tomie nöthig machten (Quaglino, Morano). In 6 Fällen (de Magri, Flarer), wo dieses nicht stattfand, trat die Heilung in 2—4 Wochen ein; in den übrigen Fällen, in welchen ich leider die Behandlungsdauer nicht genauer eruiren konnte, scheint ebensoviel Zeit zur Heilung der Iritis nöthig gewesen zu sein, da fast immer 2 Injectionen (alle 10 Tage) verabfolgt werden mussten.

Scheint nach diesen wenig zahlreichen Erfahrungen die Wirkung grosser Dosen Calomel auch jedesmal zu erfolgen, so lässt sich doch die von einzelnen Verehrern denselben zugeschriebene „rapide" Wirkung keineswegs erkennen; im Gegentheil erscheint die Behandlungsdauer länger als die bei Verabfolgung von Ung. cin. oder subcutanen Sublimatpeptoninjectionen (cf. p. 73 u. 81). Ob eine raschere Wirkung bei häufigerer Verabfolgung kleinerer Dosen stattfinden würde, wie es nach den oben angeführten Angaben bei den übrigen Syphilissymptomen der Fall zu sein scheint, müssen weitere Versuche lehren; man kann sich aber zu denselben durchaus nicht aufgefordert fühlen, da allein schon das häufige und rasche Auftreten der Mundaffection gegen die Anwendung der subcutanen Calomelinjectionen spricht, ausserdem aber die doch gewiss häufige Bildung von Abscessen an der Injectionsstelle nur bei Vorhandensein wesentlicher Vorzüge eine weitere Ausbreitung dieser Methode nicht verhindern würde.

Ueber die Wirkung des Hg-jodür, Protojoduretum hydrargyri, das von Wecker und Anderen besonders für den Fall, dass Patient sich einer Schmierkur nicht unterwerfen will, empfohlen wird, besitze ich leider ebenfalls keine eigenen Erfahrungen und kann auch keine Krankengeschichten anführen, in denen dasselbe zur Verwendung gekommen ist. Da seine Wirkung ganz analog der des Calomel ist, so werden sich gegen die Anwendung desselben ganz dieselben Bedenken erheben, wie gegen die des Calomel. Demgemäss ist es auch von einigen Ophthalmologen, wie Stellwag u. A., durchaus verworfen worden. Mir scheint, dass bei Verweigerung einer Innunctionscur seitens des Patienten, derselben gewiss richtiger die subcutanen Sublimatpeptoninjectionen, als dieses durchaus nicht besonders rasch auf die Syphilissymptome wirkende, dagegen leicht die Mundschleimhaut und bisweilen die Intestinalschleimhaut stark reizende Präparat zu substituiren sind.

Das Decoctum Zittmanni eignet sich für die Behandlung der Iritis syphilitica nicht, da seine Wirkung, entsprechend dem äusserst geringen Hg-gehalt eine nur langsame ist. Es kann allenfalls mit Vortheil in Anwendung gezogen werden bei sehr anaemischen, geschwächten Patienten, bei denen sich sehr bald nach Beendigung einer Mercurialcur die Iritis entwickelt hat.

Ebensowenig empfehlen sich die Sublimatbäder, einerseits, weil das tägliche, längere Verweilen im Bade auf den Entzündungsprocess im Auge schädlich wirken muss und andererseits, weil die Wirkung derselben auf die constitutionelle Syphilis nach Erfahrungen in der Kinderpraxis, wo sie am meisten indicirt wären, „eine unsichere und langsame ist, so dass sie nur die interne oder externe Hg-behandlung unterstützen können" (Fürth[1]).

Eine relativ geringe Wirkung auf Mundschleimhaut und Speicheldrüsen findet bei dem innerlichen Gebrauch des Sublimat statt, besonders bei Verabfolgung desselben in Form von Pillen. Demgemäss trat auch hier bei Behandlung der Iritis mit Sublimatpillen unter 35 Fällen nur zwei Mal Salivation geringen Grades kurz vor Ablauf der Entzündung (nach 14 Tagen, Sublimat 0,56) ein. Rascher zeigte sich dieselbe nach Sublimatalbuminat (in einem Fall unter zweien), wo schon nach 4 Tagen (Sublimat 0,124) Speichelfluss eintrat und einige Tage später durch stetige Zunahme zum Aussetzen des Mittels auf 5 Tage nöthigte.

Ist aber die Wirkung auf Mundschleimhaut und Speicheldrüsen bei Gebrauch des reinen Sublimats eine nur geringe, so haftet demselben ein anderer nicht unwesentlicher Nachtheil an. Derselbe besteht darin, dass bekanntlich nach grösseren Gaben reinen Sublimats in verschiedenen Formen, besonders bei an den Verdauungsorganen leidenden Patienten leicht Reizung des Intestinaltractus eintritt, die zum Aussetzen des Mittels nöthigt. Diese Wirkung wird natürlich ebenso bei sofortiger Verabfolgung grösserer Gaben, wie bei allmählichem Steigen von kleinen zu grösseren Statt haben, nur in dem letzteren Fall erst später, nachdem man zu höheren Dosen gekommen ist. Der Gedanke, der diesem letzteren Verfahren, das in Form der Dzondi'schen Cur früher vielfach in Anwendung gekommen ist, zu Grunde zu liegen scheint, dass nämlich der Organismus sich allmählich an das Sublimat gewöhnen könne, ist natürlich durchaus unrichtig, da das Sublimat als Aetzmittel in grösserer Dosis stets seine caustische Eigenschaft entfalten muss. Nothnagel und

---

[1] Pathologie und Therapie der hereditären Syphilis 1879 p. 94.

Rossbach¹), welche auf das Fehlerhafte jenes Verfahrens aufmerksam machen, meinen, dass die Dzondi'sche Cur, die bekanntlich bis zu 0,093 (gr. 1½) Sublimat in Pillen pro die stieg, nur deshalb nicht mehr Schaden gestiftet habe, weil sich schon vor dem Gebrauch ein grosser Theil des Hg-chlorids in den Pillen zersetzte und man die Pillen bald nach dem Essen reichte, so dass der eiweissreiche Mageninhalt Gelegenheit zur Bildung von Albuminaten gab. Möglicher Weise ist es auch in den mir vorliegenden Fällen jenen Momenten, dem Sichzersetzen des Hg-chlorids in den Pillen (wofür auch die Unsicherheit der Wirkung spricht s. u.) und der stets angeordneten Verabreichung nach der Mahlzeit zuzuschreiben, dass unter 35 Fällen nur ein Mal die Sublimatpillen wegen Intestinalreizung (nach 16 Tagen, Sublimat 0,682) ausgesetzt werden mussten. Allerdings erreichte in allen Fällen die tägliche Maximaldosis nicht ganz jene bei der Dzondi'schen Cur gebräuchliche; sie stieg nur bis 0,062 (gr. 1) pro die und wurde auf dieser Höhe nur wenige Tage gehalten. Jedenfalls sieht man, dass auch bei dieser niedrigeren Dosirung die Intestinalreizung eintreten kann und grössere Dosen dieselbe natürlich viel häufiger im Gefolge haben müssen.

Diese Störung der Verdauungsorgane wurde bei interner Verabreichung der Sublimat-Chlornatriumlösung von Sigmund (l. c. pg. 5) nicht beobachtet, dafür aber hatte dieselbe auch auf den Syphilisprocess keine hervorstechende Wirkung. Dieser Umstand lässt sich nach den von Marle (cf. Nothnagel und Rossbach, pg. 178) gemachten Untersuchungen dadurch erklären, dass das Hg-chlorid in saurer Eiweisslösung nur nach Zusatz von Chlornatrium Trübung und Fällung bewirkt, mithin im sauren Magenbrei das Sublimat gerade durch die gleichzeitige Verabreichung mit Chlornatrium unlösliche Hg-albuminate bilden muss, während ohne das Chlornatrium das Hg-chlorid dort nur lösliche Hg-albuminate bilden würde. — Demnach ist die interne Verabreichung der Sublimat-Chlornatriumverbindung als unsicher in ihrer Wirkung und irrationell zu verwerfen.

Viel rationeller erscheint dagegen für die interne Behandlung das Sublimatalbuminat, da in demselben die Hg-verbindung fertig eingeführt wird, die bei Verabreichung der anderen Präparate sich erst im Magen bilden soll. Ich habe dasselbe bei Iritis nur zwei

---

1) Handbuch der Arzneimittellehre, 1878.

Mal ausschliesslich angewandt, sonst nur in Fällen, wo schon andere Hg-präparate vorher gebraucht worden waren. Auffallenderweise fand ich nun, dass mehrfach, wenn auch nicht starke Intestinalreizung auftrat, bei Verabfolgung nach folgender Formel (cf. Nothnagel u. Rossbach l. c. pg. 171): Sublimat 0,12, Aq. dest. 180,0, Ovum unum M. D. S. 3 Mal täglich 1 Esslöffel zu nehmen, wonach die Patienten 0,03 Sublimat pro die bekamen. Ein Mal klagte ein Patient, dass jedesmal nach dem Einnehmen stärkere Magenschmerzen einträten, und es musste deshalb schliesslich zu einem anderen Hgpräparat übergegangen werden; in den übrigen Fällen erwies sich die Intestinalreizung als vorübergehend. — In jenen beiden Iritisfällen, in welchen neben der parenchymatösen, syphilitischen Entzündung der Iris mässige diffuse Keratitis, Auflagerungen auf die Descemetii und geringe Chorioretinitis bestanden und ein papulosquamöses Exanthem den Körper bedeckte, trat die Heilung bei Behandlung im Hospital in 21 und 33 Tagen nach Verbrauch von 0,48 und 0,96 Sublimat ein; das Sehvermögen war bei der Entlassung von $3/60$ auf $6/12$ gestiegen, das Exanthem vollständig geschwunden. — So viel man nach diesen wenigen Fällen urtheilen kann, ist die Wirkung des Sublimatalbuminats auf die Iritis syphilitica eine relativ langsame; beim Vergleich mit der Behandlungsdauer der letzteren bei Verabfolgung von Ung. cin. oder subcutanen Sublimatpeptoninjectionen (cf. pg. 73 und 81) erscheint hier die Behandlungsdauer um 1 bis 3 Wochen länger, obgleich jene beiden Fälle zu den leichteren zu zählen sind. — Diese langsame antisyphilitische Wirkung, die bisweilen nicht geringe Intestinalreizung und die, wie oben mitgetheilt, bisweilen rasch erfolgende Mundaffection scheinen mir den Werth des Präparats sehr in Frage zu stellen, obgleich ich der Ueberzeugung bin, dass bei der durchaus rationellen Form desselben noch weitere Versuche und Beobachtungen abgewartet werden müssen, ehe man von jedem weiteren Gebrauch auch dieses Präparats absteht.

Kehren wir jetzt zurück zu dem reinen Sublimat, so müssen wir bezüglich der bisher fast einzig üblichen Form der innerlichen Darreichung desselben in Pillen gestehen, dass sie keineswegs rationell erscheint, wenn man bedenkt, dass nachgewiesener Maassen (Schneider[1]) beim Gebrauch der Sublimatpillen der grösste Theil des ver-

---

1) cf. O. Schmidt l. c. p. 62.

abfolgten Sublimat mit den Faeces wieder abgeht (von 0,36 Hg Cl_2 als Hg S 0,231 = 0,269 Hg Cl_2). Es wird mithin nur eine kleine Menge in den Organismus aufgenommen und verwerthet, während zur Erreichung dessen grössere Mengen des nichts weniger als indifferenten Medicaments eingeführt werden müssen.

Die Wirkung der Sublimatpillen auf die Iritis syphilitica ist nach meinen Fällen keine sichere. Ob das vielleicht auf Zersetzung des Hg-chlorids in den Pillen beruht, vermag ich nicht anzugeben; ich kann nur anführen, dass in 9 Fällen (unter 35) im Laufe von 5 Tagen bis 4 Wochen 0,124—0,62 Sublimat in Pillen verabfolgt wurde (5 Mal ambulatorisch), ohne dass Besserung der Iritis eingetreten wäre; in 3 von diesen Fällen fand sogar Verschlechterung und Gummabildung während dieser Behandlung statt. Die alsdann eingeleitete Inunctionscur führte (1 Mal bei gleichzeitigem Gebrauch von Kal. jodat.) in 7—22 Tagen nach Verbrauch von 14,9—56,0 Ung. cin. in allen Fällen zur Heilung. — Es sind diese Fälle nicht zu verwechseln mit jenen, in welchen nach bereits erfolgter Besserung ein neuer Entzündungsschub stattfindet. Während hier bei der erfolgenden Verschlechterung die Wirkung des Hg bereits eingetreten war, war in den obigen Fällen überhaupt keine Besserung oder Hg-wirkung zu constatiren gewesen. — Um den Zeitraum, in welchem die Iritis syphilitica bei ausschliesslicher Behandlung mit Sublimatpillen zu heilen pflegt, eruiren zu können, stellte ich mir, da in der Litteratur darüber nichts zu finden ist, die betreffenden Fälle aus meinem Material zusammen, wie ich es auch weiter unten bezüglich der Behandlung mit Ung. cin. und subcutanen Sublimatpeptoninjectionen gemacht habe. Natürlich konnte ich nur diejenigen Fälle benutzen, in welchen die ausschliessliche Behandlung mit Sublimatpillen eine erfolgreiche und der Termin der Iritisheilung genau angegeben war; ich gebe dieselben in beistehender Tabelle. Diese Form der Mittheilung wählte ich, weil ich es auch Anderen ermöglichen wollte, die einzelnen Fälle zu prüfen und mit den mit anderen Präparaten behandelten zu vergleichen. Da nun eine einfache Rubricirung aller Fälle z. B. als acute und chronische oder einfache und complicirte durchaus nicht möglich war, weil daraus die Beschaffenheit der Iritis im einzelnen Fall durchaus nicht mit Klarheit zu erkennen gewesen wäre, so musste ich die einzelnen für den Verlauf wichtigeren Symptome, die Dauer der Iritis, die gleichzeitige und der Mercurialcur vorhergehende Localtherapie etc. in gesonderten Rubriken für jeden einzelnen Fall verzeichnen. Der Termin der syphilitischen Primäraffection, den ich gerade in den nebenstehenden Fällen leider nicht immer notirt fand, und die mit der Iritis gleichzeitig vorhandenen anderen Syphilissymptome wurden mitgetheilt, um das Stadium der constitutionellen Syphilis zu characterisiren. — Die in der Rubrik für besondere Symptome sich oft findende Notiz „keine" ist mit der Reserve aufzunehmen, dass die ophthalmoscopische Untersuchung, wenn keine besondere Veranlassung (cf. pg. 48) dazu vorlag, gewöhnlich nicht gemacht worden ist. — Das local gebrauchte Atropin wurde stets in der gleichen Lösung (1 : 120) zuerst stündlich oder alle zwei Stunden eingeträufelt. Die künstlichen Blutegel (Hirudines arteficiales) kamen je nach Bedürfniss ein oder mehr Male in Anwendung; eine genauere Angabe dessen hielt ich nicht für nothwendig. — Die Iritis wurde als abgelaufen betrachtet, wenn die Episcleralinjection vollständig geschwunden und das Gewebe der Iris vollständig normal geworden war.

Wie nun aus dieser beistehenden Tabelle I hervorgeht, hat die Behandlung der Iritis mit Sublimatpillen in 20 Fällen durchschnittlich 18,3 Tage in Anspruch genommen bei Verabfolgung von in Summa 0,732 (gr. 11¾) Sublimat. Beim Vergleich (cf. pg. 73 und 81) ergiebt sich nun, dass die durchschnittliche Behandlungsdauer um 3 Tage länger ist, als bei Behandlung mit Ung. cin., um 5 Tage länger als bei Behandlung mit subcutanen Sublimatpeptoninjectionen. Dabei ist zu berücksichtigen, dass unter den mit letzteren Präparaten behandelten Fällen etwa die Hälfte und zwei Drittel schwerere oder irgendwie complicirte Fälle sind, was bei den mit Sublimatpillen behandelten nicht ist und zu Ungunsten der letzteren spricht. — Wenn aber auch abgesehen davon die Sublimatpillen dem Ung. cin. gegenüber nicht wesentlich nachstehen, so ist doch der Zeitunterschied in der Dauer der Iritis gegenüber den subcutanen Sublimatpeptoninjectionen nicht mehr so gering, dass er unberücksichtigt gelassen werden dürfte; ceteris paribus müsste man der letzteren Methode den Vorzug bei der Behandlung einräumen. Von der langsameren Wirkung der Sublimatpillen könnte nur abgesehen werden, wenn dieselben nach anderen Seiten hin irgendwelche bemerkenswerthe Vortheile für die Behandlung böten. Das ist aber nicht der Fall; im Gegentheil sind die Erfolge der Sublimatpillencur, wie oben gezeigt, durchaus nicht immer sichere und dazu kommt die Gefahr der Intestinalreizung durch das in durchaus irrationeller Form

...litica behandelt mit Unguentum cinereum (Dosis pro die 1,8

Iritis seit	Syphilis seit	Symptome der const. Syphilis.	Locale Therapie, vorhergehende	Locale Therapie, gleichzeitige	Heilung nach Tagen	Ung. cin.
8 Tagen.	4 Monaten.	Exanthem; Angina; Lymphdrüsen geschwollen.	Atrop. 1 Tag.	Atropin.	13.	46,5.
?	2 Monaten.	Exanthem; Lymphdrüsen geschwollen.	Atrop. 1 Tag.	Atropin.	9.	16,9.
?	6 Monaten.	Lymphdrüsen wenig geschwollen.	Atrop. 1 Tag.	Atropin, Ung. cin. cum bellad. (1:16) ad frontem.	9.	16,9.
?	?	keine.	Atropin.	Atropin, Cataplasmen, Ung. cin. cum opio ad frontem.	14.	22,4.
?	?	Lymphdrüsen geschwollen.	Atrop. 1 Tag.	Atropin.	14.	26,1.
?	?	?	keine.	Atropin. Hirud. artef.	9.	33,6.
	12 Monaten	Exanthema papulosum; Lymphdrüsen geschwollen.	Atropin, Cataplasmen 3 Tage.	Atropin. Cataplasmen.	8.	14,9.
c. 60 Tagen. 14 Tagen.	6 Monaten	Exanthema maculosum; Lymphdrüsen geschwollen, besonders cubital.	keine.	Atropin. Hirud. artef.	14.	34,2.
22 Tagen.	? Exanthem vor 6 Monaten.	Condylomata lata und acum.; Pharyngitis; Roseola.	keine.	Atropin.	11.	52,2.
8 Tagen.	8 Monaten.	Pharyngitis; Lymphdrüsen geschwollen.	keine.	Atropin. Hirud. artef.	27.	52,2.
7 Tagen.	5 Monaten.	Lymphdrüsen wenig geschwollen.	Atrop. 2 Tage.	Atropin. Hirud. artef.	15.	56,0.
3 Tagen.	? Exanthem vor 3 Monaten.	Lymphdrüsen geschwollen.	Atrop. 1 Tag Hirud. artef.	Atropin. Hirud. artef.	21.	51,0.
10 Tagen.	2 Monaten.	Induriche Narbe am Praeputium; Lymphdrüsen geschwollen.	Atrop. 1 Tag.	Atropin.	19.	44,8.
?	9 Monaten.	Lymphdrüsen geschwollen.	Atrop. 1 Tag.	Atropin. Hirud. artef.	16.	39,8.
5 Tagen.	12 Monaten.	Lymphdrüsen geschwollen.	Atrop. 7 Tage Hirud. artef.	Atropin.	10.	24,2.
14 Tagen.	8 Monaten.	Roseola; Angina; Lymphdrüsen geschwollen.	Atrop. 1 Tag.	Atropin.	21.	78,3.
?	3 Monaten.	?	keine.	Atropin.	18.	83,6.
8 Tagen.	3 Monaten.	Lymphdrüsen geschwollen.	Atrop. 1 Tag.	Atropin, Ung. cin. cum bellad.	17.	69,7.
?	12 Monaten.	?	keine.	Atropin. Hirud. artef.	19.	70,9.
6 Tagen.	kurzer Zeit.	Lymphdrüsen stark geschwollen.	Atrop. 5 Tage.	Atropin; Ung. cin. c. bell.; Paracentheris corneae am 10. u. 12. Tage.	14.	74,6.
?	?	Exanthema papulosum.	keine.	Atropin.	21.	51,0.
12 Tagen.	12 Monaten.	Lymphdrüsen geschwollen.	Atrop. 3 Tage.	Atropin.	11.	27,3.
?	6 Monaten.	Lymphdrüsen geschwollen.	keine.	Atropin.	11.	20,5.
?	einigen Monaten.	?	Atrop. 1 Tag.	Atropin.	7.	13,1.
10 Tagen.	?		Atrop. 1 Tag.	Atropin.	15.	37,3.
8 Tagen.	5 Monaten.	Pharyngitis; Lymphdrüsen geschwollen.	keine.	Atropin.	16.	39,8.
?	3 Monaten.	Lymphdrüsen geschwollen.	Atrop. 1 Tag Hirud. artef.	Atropin.	8.	29,8.
?	?	Lymphdrüsen geschwollen.	Atrop. 1 Tag Hirud. artef.	Atropin.	23.	85,8.
	12 Monaten.	Pharyngitis; Plaques muqueuses an Gaumen und Lippen.	keine.	Atropin.	8.	29,8.
3 Tagen.	2 Jahren.	Lymphdrüsen stark geschwollen.	keine.	Atropin, Hirud. artef. Ung. cin. cum bellad.	11.	27,3.
8 Tagen.	? sec. Syphilissymptome vor 6 Monaten.	keine.	Atrop. einige Tage.	Atropin. Hirud. artef.	20.	37,3.
	3 Monaten.	Plaques muq. der Lippen; Lymphdrüsen geschwollen.	Atrop. 1 Tag.	Atropin. Hirud. artef.	12.	44,8.
10 Tagen.	6 Monaten.	Lymphdrüsen geschwollen.	keine.	Atropin. Hirud. artef.	16.	50,7.
5 Tagen.	1 Monat.	Ptosis praeputii.	Atropin.	Atropin.	10.	33,6.
einigen Tagen.	?	Exanthem.	keine.	Atropin. Hirud. artef.	24.	74,6.
8 Tagen.	4 Monaten.	Pharyngitis; Lymphdrüsen geschwollen.	Atrop. 1 Tag.	Atropin. Hirud. artef.	20.	74,6.

verabreichte Präparat. Alle diese Momente lassen die Anwendung der Sublimatpillen als entschieden unzweckmässig erscheinen und sollte bei der Behandlung der syphilitischen Iritis fernerhin vom Gebrauch derselben gänzlich Abstand genommen werden.

Wie die Methode der Inunctionscur mit Unguentum cinereum nach den von Sigmund für dieselbe gegebenen Vorschriften gegen die constitutionelle Syphilis heutzutage gewiss am häufigsten von allen Mercurialcuren angewandt wird, so wird sie auch von fast allen Ophthalmologen für die syphilitischen Augenleiden als sicherstes Mittel in erster Reihe empfohlen, besonders wo es wie bei der Iritis gilt die Wirkung des Hg rasch eintreten zu lassen. — Gegenüber dieser fast allgemein anerkannten raschen und sichern Wirkung der Inunctionscur haben denn auch die gegen dieselbe erhobenen Einwände derselben keinen Abbruch zu thun vermocht. Dieselben werden von Nothnagel und Rossbach (l. c. pg. 187) dahin zusammengefasst, dass „schon das einfachste und werthvollste Gesetz (der rationellen Pharmakologie), dass der Arzt bei einem stark giftig wirkenden Mittel genau wissen soll, welche Gewichtsmengen desselben er dem Körper einverleibt, bei der grauen Salbe nicht durchzuführen ist," dass es ferner keinen Sinn hat ein Mittel zu verordnen mit der Signatur 99 Theile desselben verloren gehn, um einen Theil zur Wirkung kommen zu lassen; dass „die Anwendungsweise in einem Grade umständlich und unreinlich ist, wie kaum ein anderes Curverfahren" und dass gerade beim Gebrauch der grauen Salbe Mundaffection und Speichelfluss ungemein häufig auftreten. Aus diesen Gründen halten Nothnagel und Rossbach es für an der Zeit die Inunctionscur gänzlich aufzugeben. — Den letzten dieser Einwände wird man nun wohl nicht in seinem ganzen Umfange anerkennen können, da bei sorgfältiger Mundpflege und ausreichenden diätetischen und hygieinischen Maassregeln die Stomatitis bei der Inunctionscur nach Angabe verschiedener Autoren gewiss nicht „ungemein häufig" auftritt. Das liess sich auch hier bei Behandlung der Iritis constatiren, da bei den 155 allein mit Ung. cin. behandelten Patienten sich nur 16 Mal überhaupt Stomatitis und Salivation stärkeren oder geringeren Grades zeigten. — Ist diese Anzahl aber auch relativ klein, so ist doch schon der Umstand, dass bisweilen schon nach einer keineswegs grossen Menge des verbrauchten Ung. cin. (3 Mal 9—18,6 sonst bis 74,4) Stomatitis auftreten kann, hinreichend um die Methode der Inunctionen in weniger günstigem Licht erscheinen zu lassen. Denn die Stomatitis kann ebensowohl wie gegen Ende, so auch am Anfang der Cur auftreten und zum Abbrechen derselben und Uebergehen auf die nicht mercurielle Behandlung nöthigen. So hatte sich in 3 Fällen von Iritis nach Verbrauch von 14,8—18,6 und 40,9 Ung. cin. in 4, 5 und 11 Tagen ohne dass Besserung der Iritis eingetreten wäre, Stomatitis entwickelt, die zum Aussetzen des Ung. cin. und Verabreichung von Kal. jodat. nöthigte, welch letzteres erst in weiteren 18—22 Tagen Heilung bewirkte. — Ob bei Beobachtung grösserer Reinlichkeit und strengerer Vorsichtsmaassregeln die Zahl der Mundaffectionen eine noch geringere als die hier beobachtete sein wird, vermag ich nicht zu entscheiden, glaube aber wohl es annehmen zu müssen. Von praktischer Bedeutung würde dies aber nur für die private Behandlung in den wohlhabenderen Klassen und für die gut situirten Kliniken sein, da Reinlichkeits- und Vorsichtsmaassregeln bei der überhaupt entschieden „unreinlichen" Cur sich in den oft pecuniär nicht gut gestellten und meist stark gefüllten Hospitälern stets nur bis zu einem gewissen Grade durchführen lassen, besonders wenn wie gewöhnlich und auch im hiesigen Hospital die Umständlichkeit des Curverfahrens dadurch behoben wird, dass man die Patienten sich die Inunctionen selbst machen lässt.

Lässt sich dem weiteren oben mitgetheilten Einwurf, der Verschwendung des Mittels von Seiten der Ophthalmologen damit begegnen, dass man sich gern derselben schuldig machen wird, wenn man nur der raschen Wirkung des gebrauchten Medicaments sicher ist, so ist eine Entgegnung auf den Vorwurf der ungenauen Dosirung, der Unsicherheit des wirklich in den Organismus eingeführten Hg viel schwerer. Dieser Vorwurf wird gestützt durch die Untersuchungen von Vajda und Paschkis (l. c.), welche fanden, dass beim Gebrauch des Ung. cin. das Hg sehr verschieden rasch im Harn auftritt; zwei Mal wurde dasselbe nach zwei Inunctionen am dritten Tage nachgewiesen, während in einem dritten Fall dieser Nachweis erst nach der siebenten Inunction gelang. Da man nun erst dann mit Sicherheit annehmen kann, dass das Hg in den Säftestrom des Organismus aufgenommen worden ist, wenn sich die Excretion desselben im Harn constatiren lässt, so ergiebt sich aus jenen Untersuchungen, dass die Aufnahme des Hg in den Organismus bei Application des Ung. cin. eine sehr verschieden rasche ist. Ferner blieb die Ausscheidung des Hg durch den Harn in keinem Fall während der Cur constant, was, nach Vajda und Paschkis, „deutlich darauf hinweist, dass zum Löslichwerden resp. zur Ausscheidbarkeit des Hg die Bedingungen nicht immer in gleichem Maasse gegeben sind und scheint dies auch die Ursache der oft so differirenden klinischen Resultate der Einreibungscur zu sein". Man muss aus alledem schliessen, dass man sich nicht mit Sicherheit in jedem Fall auf eine rasche Aufnahme des Hg in den Organismus bei der Inunctionscur verlassen kann, wenn dieselbe auch oft genug eintritt, und dass eine gleichmässige Aufnahme nicht stattfindet, beides Momente, die für die Behandlung der Iritis von grosser Wichtigkeit sind.

Wie verhalten sich nun diesen theoretischen Bedenken gegenüber die praktischen Resultate der Inunctionscur bei Iritis? Mit Ausschluss jener Fälle, in denen der Stomatitis wegen das Ung. cin. ausgesetzt werden musste, kam nur der pg. 57 angeführte und dort bereits eingehend besprochene Fall nicht zur Heilung. Die übrigen heilten alle mit mehr oder weniger günstigem Resultat, wie ich das (pg. 58) des Näheren bereits besprochen habe. Ob dabei die Heilung in den gleichen Fällen gleichmässig vollständig und gleichmässig rasch eintrat, darüber kann ich mir kein Urtheil erlauben, da ich die Fälle nicht selbst behandelt und beobachtet habe und ich nur dann mit annähernder Sicherheit zu sagen im Stande wäre, dass die Entzündung bei zwei verschiedenen Individuen ganz gleich aufgetreten sei.

Wie rasch die Iritis zur Heilung kommt bei Behandlung mit Ung. cin., ergiebt die beistehende Tabelle II, die in derselben Weise zusammengestellt ist, wie Tab. I. Aus den in derselben enthaltenen Fällen ergiebt sich, dass die Behandlungsdauer im Durchschnitt 15,7 Tage betrug bei Verabfolgung von in Summa 45,2 (12$\frac{1}{5}$ Dr.) Ung. cin. Da nun aber die Dosirung nicht immer eine gleiche war und dieselbe die Dauer der Behandlung zu beeinflussen im Stande ist, so stellte ich mir die Fälle auch nach der verabfolgten Tagesdosis zusammen und es ergab sich, dass in 33 Fällen, in welchen (2 Mal nur annähernd) 3,72 (1 Dr.) Ung. cin. pro die eingerieben worden waren, die Behandlungsdauer nur 15,1 Tage bei in Summa 56,4 (15$\frac{1}{5}$ Dr.) Ung. cin. betrug, während sie sich bei einer Tagesdosis von 1,82—2,48 ($\frac{1}{2}$ Dr. — 2 Scrupel) in 40 Fällen auf 16,0 Tage bei in Summa 35,9 (9$\frac{1}{2}$ Dr.) Ung. cin. stellte. Demnach verläuft die Iritis rascher bei Verabfolgung der grösseren Dosis pro die, wie man das a priori für wahrscheinlich gehalten hätte, wofür aber keine Zahlenbelege bisher existirten. Wenn nun auch der Unterschied in der Behandlungsdauer kein grosser ist, so verdient er immerhin Berücksichtigung und wir müssen bei Vergleich mit den Resultaten der Behandlung der Iritis mit den anderen Hg-präparaten jedenfalls die durch höhere Dosirung des Ung. cin. zu bewirkende kürzere Behandlungsdauer als Norm nehmen.

Dieser Vergleich ergiebt nun gegenüber der Sublimatpillencur, wie ich schon pg. 70 zeigte, dass die Behandlungsdauer bei Verabfolgung des Ung. cin. um 3 Tage kürzer ist; gegenüber den subcutanen Sublimatpeptoninjectionen (cf. pg. 81) aber ist dieselbe um gegen 2 Tage länger, immerhin ein Nachtheil gegen jene, wenn auch der Zeitraum zu kurz erscheint, um bei der Wahl einer der beiden Behandlungsmethoden entscheidend in die Wagschale zu fallen. Ueberblicken wir jetzt nochmals die der Inunctionscur gemachten Vorwürfe und ihre anzuerkennenden Vorzüge, so müssen wir gestehen, dass von den ersteren keiner, so weit wir ihn berechtigt gefunden haben, so schwerwiegend ist, dass er ein gänzliches Aufgeben der Inunctionscur erheischen könnte. Wir sahen, dass sich die Stomatitis selbst bei nicht sehr genauer Einhaltung der dringend wünschenswerthen Reinlichkeitsmaassregeln durchaus nicht so häufig entwickelt, dass sie in einer grösseren Zahl von Fällen die Resultate der Cur in Frage zu stellen vermöchte; wir sahen ferner, dass die Wirkung des Ung. cin. wahrscheinlich nicht immer eine gleichmässige und rasch eintretende ist, fanden aber für die Iritis syphilitica, dass die Wirkung jedesmal eingetreten war und durchschnittlich in relativ kurzer Zeit zur Heilung geführt hatte; wir mussten endlich die Form der Medication bei der Inunctionscur für nicht rationell erklären, können aber gegenüber den günstigen Resultaten derselben sie deshalb nicht preisgeben, ehe wir in einer anderen Methode einen vollständigen Ersatz für jene gefunden. Ein solcher könnte uns nun, da wir mit Ausnahme des noch weiter zu prüfenden internen Gebrauchs des Sublimatalbuminats alle bisher besprochenen Formen der Mercurialcur als für die Behandlung der Iritis syphilitica mehr oder weniger ungeeignet gefunden haben, nur noch in der Methode der subcutanen Injectionen der verschiedenen Sublimatpräparate und des Hg-bicyanuret gegeben sein. Wie weit dieselbe im Stande ist die Inunctionscur zu ersetzen wollen wir in Folgendem sehen.

Was zunächst die Form der Medication anbetrifft, so lässt sich

Iritis syphilitica behandelt mit Unguentum cinereum (Fortsetzung).

№	Geschlecht	Alter	Angr.	Synech. post.	Besondere Symptome	Iritis seit	Syphilis seit	Symptome der const. Syphilis	Locale Therapie, vorhergehende	Locale Therapie, gleichzeitige	Heilung nach Tagen	Ung. cin.	BEMERKUNGEN
37.	Mann.	22.	utr.	keine.	keine.	6 Tagen.	1½ Jahren.	Lymphdrüsen geschwollen.	keine.	Atropin.	19.	35,4.	
38.	Weib.	40.	utr.	totale beiderseits, d. bleibt.	?	?	?	Exanthema papulosum; Lymphdrüsen geschwollen.	keine.	Atropin. Hirud. artef.	33.	123,1.	7 Tage nach Schluss der Inunctionscur Iridectomie oc. utr., wonach V. oc. utr. = ⁶/₆₀.
39.	Weib.	34.	sin.	keine.	keine.	?	?	Rachenaffection; Lymphdrüsen geschwollen.	keine.	Atropin.	25.	86,8.	
40.	Weib.	44.	dx.	mehrere, die bleiben.	keine.	?	?	Exanthema papulosum; Rachenaffection; Lymphdrüsen geschwollen.	keine.	Atropin.	17.	42,3.	
41.	Mann.	24.	sin.	einige, die schwinden.	keine.	?	6 Monaten.	Lymphdrüsen wenig geschwollen.	Atrop. 2 Tage.	Atropin.	13.	48,6.	Pat. hatte früher eine Inunctionscur durchgemacht.
42.	Weib.	37.	dx.	mehrere, die bleiben.	Exsudat im Pupillarraum.	10 Tagen.	?	Exanthem com Korsorr Zeit.	Condylomata lata. Pharyngitis ulcerosa. Lymphdrüsen geschwollen.	Atrop. 2 Tage.	Atropin.	14.	34,8.	Bei der Entlassung ist V. oc. dx. = ¹/₆₀.
43.	Mann.	22.	utr.	einige, die bleiben.	keine.	15 Tagen.	?	Exanthem vor 6 Monaten.	Lymphdrüsen geschwollen.	Atrop. von Beginn der Cur zu nehmen.	Atropin.	25.	49,7.	
44.	Mann.	29.	sin.	viele, die meist bleiben.	keine.	?	?	Exanthema pustulosum; Lymphdrüsen geschwollen.	Atrop. 1 Tag.	Atropin.	14.	34,8.	
45.	Mann.	22.	dx.	keine.	keine.	8 Tagen.	3 Monaten.	Lymphdrüsen geschwollen.	Atrop. 4 Tage.	Atropin.	8.	29,6.	
46.	Mann.	18.	dx.	mehrere, von denen bleiben.	keine.	?	2 Monaten.	Angina; Pharyngitis.	keine.	Atropin.	13.	48,5.	
47.	Mann.	29.	dx.	eine, die bleibt.	keine.	8 Tagen.	3 Monaten.		Atrop. 1 Tag. Cataplasmen.	Atropin. Cataplasmen.	18.	29,9.	
48.	Mann.	40.	utr.	r. eine, die bleibt.	keine.	8 Tagen.	2 Monaten.	keine.	Atrop. 1 Tag. Hirud. artef.	Atropin.	9.	29,9.	Es folgen nach 1 Monat und nach 3 Jahren Recidive der Iritis oc. sin.
49.	Mann.	26.	utr.	r. viele, von denen einige bleiben. l. einige, die schwinden.	keine.	?	6 Monaten.	Lymphdrüsen wenig geschwollen.	keine.	Atropin.	19.	37,3.	
50.	Mann.	43.	dx.	eine, die bleibt.	1 Gumma iridis.	21 Tagen.	6 Monaten.	keine (?).	keine.	Atropin.	25.	93,3.	
51.	Mann.	27.	sin.	eine, die schwindet.	1 Gumma iridis.	?	12 Monaten.	keine (?).	keine.	Atropin.	19.	35,4.	Pat. ist antisyphilitisch behandelt worden.
52.	Mann.	25.	sin.	mehrere, die bleiben.	1 Gumma iridis.	?	6 Monaten.	Lymphdrüsen geschwollen.	keine.	Atropin.	15.	56,0.	
53.	Mann.	33.	dx.	viele, von denen eine bleibt.	1 Gumma iridis; starkes Exsudat im Pupillarraum; Hypopium.	11 Tagen.	12 Monaten.	Lymphdrüsen geschwollen.	keine.	Atropin. Hirud. artef.	14.	39,8.	
54.	Mann.	24.	sin.	keine.	1 Gumma iridis.	10 Tagen.	1 Monat (?).	Ulcus induratum penis; Pharyngitis ulcerosa; Psoriasis.	Atrop. 16 Tage, wobei Gummibildung.	Atropin.	10.	59,7.	Pat. ist niemals antisyphilitisch behandelt worden.
55.	Mann.	27.	dx.	eine, die bleibt.	1 Gumma iridis.	4 Tagen.	2 Jahren.	Exanthem; Lymphdrüsen geschwollen.	Atrop. 2 Tage.	Atropin.	20.	49,7.	
56.	Mann.	18.	sin.	einige, von denen eine bleibt.	mehrere kleine Gummata iridis.	?	?	Lymphdrüsen geschwollen.	keine.	Atropin; Paracenthesis corneae am 1. Tage.	9.	23,5.	
57.	Weib.	20.	dx.	einige, von denen eine bleibt.	Keratitis punctata; 1 Gumma iridis.	10 Tagen.	5 Monaten.	Exanthem.	Atropin.	Atropin.	18.	44,8.	Pat. ist vor 1 Monat antisyphilitisch behandelt worden.
58.	Mann.	21.	sin.	zwei, von denen eine bleibt.	Keratitis punctata; 2 Gummata iridis.	10 Tagen.	6 Monaten.	?	Atropin.	Atropin. Hirud. artef.	16.	29,8.	
59.	Mann.	25.	sin.	viele, die bleiben.	Keratitis punctata; 2 Gummata iridis; starkes Exsudat im Pupillarraum.	14 Tagen.	6 Monaten.	Lymphdrüsen geschwollen.	keine.	Atropin. Hirud. artef.	20.	49,7.	
60.	Mann.	42.	sin.	eine, die schwindet.	Keratitis punctata.	8 Tagen.	2 Monaten.	Indurirte Narbe am Penis; Lymphdrüsen geschwollen.	Atrop. 1 Tag.	Atropin.	11.	26,1.	Pat. hatte früher eine Sublimatpilleneur (in Summa 0.93 Sublimat) durchgemacht.
61.	Mann.	37.	sin.	einige, die schwinden.	Keratitis diffusa et punctata.	14 Tagen.	12 Monaten.	?	keine.	Atropin.	24.	44,8.	Pat. hatte früher eine Sublimatpilleneur durchgemacht.
62.	Mann.	35.	utr.	l. keine. r. einige, die bleiben.	Keratitis punctata utr.	l. 2 Tagen. r. 8 Tagen.	4 Monaten.	Exanthem papulosum; Lymphdrüsen geschwollen.	Atropin. 1 Tag.	Atropin. Hirud. artef.	14.	52,2.	
63.	Mann.	29.	sin.	eine, die schwindet.	Keratitis punctata; gelatinöses Kaseolat in der vorderen Kammer.	?	4 Jahren.	Narben an der Uvula und den Tonsillen.	Atrop. 3 Tage.	Atropin. Hirud. artef.	11.	36,4.	
64.	Mann.	28.	sin.	einige, die schwinden.	Keratitis punctata; Exsudat im Pupillarraum.	10 Tagen.	12 Monaten.	Exanthem papulosum; Psoriasis palmaris.	Atrop. 3 Tage.	Atropin.	10.	37,3.	
65.	Mann.	31.	dx.	einige, die schwinden (?).	Keratitis diffusa et punctata.	14 Tagen.	1½ Jahren.	Psoriasis palmaris; Lymphdrüsen geschwollen.	Atrop. 1 Tag.	Atropin.	24.	59,7.	Pat. hatte vor 1 Jahr eine Inunctionscur durchgemacht.
66.	Weib.	23.	sin.	einige, die bleiben (?).	Keratitis diffusa.	42 Tagen.	secSyphilissymptomen vor einigen Monaten.	Pharyngitis; Lymphdrüsen geschwollen.	Atrop. 2 Tage. Hirud. artef.	Atropin.	11.	41,0.	
67.	Mann.	29.	dx.	viele, die meist bleiben.	Limbus corneae infiltrirt.	10 Tagen.	4 Monaten.	?	keine.	Atropin. Paracenthesis corneae am 8. Tage.	17.	68,4.	Die Paracenthese brachte subjective Erleichterung.
68.	Mann.	28.	sin.	zwei, die bleiben.	Keratitis punctata.	18 Tagen.	?	Psoriasis palmaris; Dolores osteocopi; Lymphdrüsen geschwollen.	keine.	Atropin.	9.	29,8.	
69.	Mann.	29.	utr.	mehrere, die bleiben.	Chorioretinitis utr.	60 Tagen.	5 Monaten.	Angina; Pharyngitis.	keine.	Atropin.	21.	74,6.	Pat. hatte früher eine Cur von 12 Inunctionen Ung. cin. durchgemacht. — Bei der Entlassung V. oc. dx. = ⁵/₆₀, V. oc. sin. = ⁸/₇₀.
70.	Mann.	21.	dx.	viele, die bleiben.	Chorioretinitis.	?	9 Monaten.	Lymphdrüsen geschwollen.	keine.	Atropin. Hirud. artef.	17.	51,7.	Die Chorioretinitis schwand bei weiterer Behandlung 8 Tage später.
71.	Mann.	30.	utr.	viele, von denen zwei bleiben.	Chorioretinitis utr.	10 Tagen.	?	Reste eines Exanthems; Exanthem eben gewesen.	keine.	Atropin.	20.	49,7.	Pat. war bis zum Auftreten der Iritis antisyphil. behandelt worden. — Bei der Entlassung ist V. oc. sin. von ⁵/₇₀ auf ⁵/₁₅ V. oc. dx. von ⁵/₃₄ auf ⁵/₁₈ gestiegen.
72.	Mann.	34.	dx.	viele, von denen einige bleiben.	Chorioretinitis utr.	8 Tagen.	4 Jahren.	?	keine.	Atropin. Hirud. artef.	16.	46,6.	
73.	Mann.	40.	dx.	einige, die schwinden.	Chorioretinitis.	8 Tagen.	12 Monaten.	?	keine.	Atropin. Hirud. artef.	18.	46,5.	Nach Heilung der Iritis war V. oc. dx. von ⁵/₇₀ auf ⁵/₃₀ gestiegen; die Inunctionscur musste dennoch auf Wunsch des Pat. ausgesetzt werden.

nicht bestreiten, dass dieselbe bei den subcutanen Injectionen der verschiedenen Sublimatpräparate eine durchaus rationelle ist. Da nach Voit's Untersuchungen wahrscheinlich alle Hg-präparate sowohl im Magendarmkanal, wie im Gewebe schliesslich in Hg-chlorid übergehen, das dann rasch eine Albuminatverbindung bildet und als solche in den Geweben circulirt, so muss es am rationellsten erscheinen dies Endprodukt aller benutzten Hg-präparate, das Hg-chlorid, direct in das Gewebe zu bringen, sei es rein in wässeriger Lösung, sei es als fertige Albuminatverbindung oder in Verbindung mit Chlornatrium, das die Bildung des Albuminats im Gewebe befördert. Da alle anderen Hg-präparate erst in kürzerer oder längerer Zeit die Stufenfolge bis zur Bildung des Hg-chlorids zu durchlaufen haben, so muss jenes Verfahren besonders in allen den Fällen sich als rationell empfehlen, in welchen, wie bei der Iritis syphilitica, das rasche Eintreten der Hg-wirkung angestrebt wird. Dass ein derartig rasches Eintreten der Wirkung des Hg bei der Injection der Sublimatpräparate wirklich stattfindet, dafür spricht das rasche Auftreten des Hg im Harn, welches wenigstens mit Sicherheit den raschen Eintritt des Hg in den Säftestrom, die für die Einwirkung des Hg auf das Luesgift erste Bedingung, beweist. Das Hg konnte im Harn nachgewiesen werden von Vajda und Paschkis (l. c. pg. 287 und 297) nach zwei Injectionen Sublimat (Summa 0,02) und nach drei Injectionen Sublimatalbuminat (Sublimat in Summa 0,03); von Prof. Bamberger nach zwei Injectionen Sublimatalbuminat (Sublimat in Summa = 0,018); von O. Schmidt (l. c. pg. 54) nach einer Injection Sublimatpepton (Sublimat in Summa = 0,012), in einem zweiten Fall aber noch nicht nach zwei Injectionen (= 0,024) in 100 Cc. Harn, dagegen wohl im Harn vom 3.—8. Tage der Cur. Die bei verschiedenen Individuen gleichmässige Ausscheidung des Hg im Harn spricht ferner dafür, dass bei diesen subcutanen Injectionen die Wirkung eine gleichmässige und regelmässige ist. O. Schmidt bekam bei der quantitativen Analyse des 5-tägigen Harns zweier in gleicher Weise mit Sublimatpeptoninjectionen behandelten Individuen sowohl am Anfang wie gegen Ende der Cur fast ganz gleiche Mengen Hg. Schliesslich erscheint diese Methode auch nach der Seite hin rationell, als die dem Organismus einverleibte Hg-menge jedes Mal genau bekannt ist, was bei den meisten anderen Methoden und besonders der Inunctionscur nicht der Fall; man hat es bei jener durch die Möglichkeit der genauen Dosirung in der Hand die je nach der

Constitution, dem schwächeren oder stärkeren Auftreten der Iritis etc. gebotene Herabsetzung oder Vergrösserung der Dosis in präciser Weise zu machen.

Zu diesen theoretisch gefundenen Vorzügen der Methode der subcutanen Injectionen, gesellen sich nun weitere praktische, die sowohl für die verschiedenen Sublimatpräparate als auch das Hg-bicyanuret mehrfach bereits in der Litteratur hervorgehoben und bestätigt worden sind.

Die Reinlichkeit und der geringe Hg-verbrauch fallen gegenüber der Inunctionscur ins Gewicht. Als besonders wichtig aber erscheint die allgemein anerkannte Seltenheit der Mundaffection, die auch wenn sie auftritt keinen stärkeren Grad erreicht und „selbst bei schon schadhaftem Zahnfleisch und fehlerhaften Zähnen vermag man dieselbe auf sehr geringe Entwickelung zu beschränken, wenn man alle Vorkehrungen gegen den Speichelfluss auch mit dieser Methode ernstlich verbindet". (Sigmund). Bestätigen kann ich diese Thatsachen für das Sublimatpepton durch meine Beobachtungen bei Behandlung der syphilitischen Iritis, nach denen unter 21 Fällen es nur 2 Mal am Schluss der Cur (№ 14 u. 20) nach 12 und 21 Injectionen zu geringer Salivation kam, die bei entsprechender Behandlung rasch schwand. Sonst wurde auch in den Fällen, wo den Kranken kein Mundspülwasser aus Kal. chloric. gegeben worden war, Salivation nicht beobachtet. Ein Mal schwand letztere, die durch eine vorhergehende Inunctionscur hervorgerufen war unter fortgesetzten Injectionen (№ 4).

Einen weiteren Vorzug dieser Injectionsmethode gerade gegenüber der Inunctionscur müssen wir darin sehen, dass man dieselbe auch ambulatorisch in Anwendung bringen kann. So wenig ich auch im Allgemeinen dafür bin, ein Augenleiden, wie die Iritis, ambulatorisch zu behandeln und den Patienten täglich aller Unbill der Witterung auszusetzen; so wenig ich läugnen kann, dass in vielen Fällen die Gefahr der Weiterverbreitung der Syphilis bei ambulatorischer Behandlung besteht und dass nicht selten dabei die diätetischen und hygieinischen Verhältnisse, unter welchen sich der Patient zu Hause befindet, sehr ungenügende, die Cur schädigende sind, so muss ich doch constatiren, dass es eine ganze Reihe von Verhältnissen giebt, die zur Ausführung der ambulatorischen Behandlung zwingen. Ich erwähne nur der Frauen aus dem Proletariat, die unter jeder Bedingung gezwungen sind ihrem Hauswesen vorzustehen oder ihre Kinder zu beaufsichtigen; der in verschiedenen Stellungen und Lebenslagen befindlichen Männer, die ihren Erwerb verlieren, wenn sie nicht täglich auf ihrem Posten sich einfinden. Diese und viele Andere stellen das Contingent für die ambulatorische Behandlung, zu welchen noch jene hinzukommen, die wie bei uns und wohl auch in den Hospitälern anderer grosser Städte nicht selten aus Platzmangel keine Aufnahme im Hospital finden können. — Dass ich unter den in Tabelle III mitgetheilten Fällen nur relativ wenige (5) ambulatorisch behandelt habe, beruht darauf, dass ich, wenn irgend möglich, die Patienten behufs genauerer Beobachtung ins Hospital aufnahm, besonders nachdem mir einige Patienten, deren Iritis durch die Behandlung wesentlich gebessert worden, ausgeblieben waren. — Die ambulatorische Behandlung wurde derart geübt, dass der Patient sich täglich einzufinden hatte und ihm die Injection gemacht wurde; ein selteneres Kommen muss die Heilung verzögern und erschien daher nicht zweckmässig. Auch konnte ich kein Mal eine schädliche Einwirkung dieses täglichen Spazierganges des Patienten auf den Verlauf der Iritis constatiren. Selbstverständlich wurden auch bei dieser Behandlung alle entsprechenden localen und allgemeinen therapeutischen Massregeln nicht vernachlässigt. Die Resultate der ambulatorisch behandelten Fälle (№ 1, 2, 7, 8 und 20) waren sehr günstige und muss nach ihnen dieses Verfahren als durchaus zulässig erscheinen, auch bei gummöser Iritis. Natürlich wird man gut thun, es nicht gerade in den Fällen in Anwendung zu ziehen, wo besondere erschwerende Momente die Iritis compliciren und die Behandlung voraussichtlich längere Zeit in Anspruch nehmen wird. — Hat nach alledem die Methode der mercuriellen Behandlung mit subcutanen Injectionen wesentliche Vorzüge vor den anderen, so haftet ihr auch ein nicht ganz unwesentlicher Mangel an. Dieser besteht in der Schmerzhaftigkeit der Injectionen. — Dieselbe ist bei Benutzung des Sublimat-Chlornatriums, des Sublimatpeptons und besonders des Hg-bicyanuret bei weitem nicht so stark, als nach den Injectionen der früher mehr benutzten wässerigen Sublimatlösung; auch findet die nach der letzteren mehrfach beobachtete Abscessbildung nie nach jenen statt, aber doch ist die Schmerzhaftigkeit bei denselben genügend, um sie nicht überall anwendbar erscheinen zu lassen. So sind dieselben in der Kinderpraxis deshalb gar nicht brauchbar, ein Vorwurf, mit dem wir uns hier kaum zu befassen brauchten, da die Iritis syphilitica ja nur selten im Kindesalter auftritt. Für diese seltenen Fälle muss aber zu einem anderen Mittel gegriffen werden. — Dann giebt es aber auch manche Personen, die entweder bereits von früher her oder durch das längere Bestehen einer mit heftigen Schmerzparoxysmen einhergehenden Iritis so nervös geworden sind, dass sie auch den relativ nicht starken Schmerz der Injection nicht zu ertragen im Stande sind. Bei den Injectionen, die ich mit Sublimatpepton ausführte, habe ich in Folge dessen ein Mal bei einem jungen Mann nach der sechsten Injection, als schon wesentliche Besserung eingetreten war, zum Sublimatalbuminat innerlich übergehen müssen, weil er erklärte, lieber noch einige Zeit an einem kranken Auge (das ihm jetzt keine wesentlichen Beschwerden mehr verursachte) leiden zu wollen, als rasch unter „solchen" Schmerzen geheilt zu werden. Ein zweites Mal musste ich diese Erklärung von einer Puella publica schon nach der ersten Injection hören. — Sonst waren die Schmerzen bei meinen Injectionen gewöhnlich keine bedeutenden und hielten auch nicht lange (einige Stunden) an, doch blieb gewöhnlich noch ein bis mehrere Tage Schmerzhaftigkeit auf Druck an der Injectionsstelle zurück, an welcher sich meist ein Infiltrat gebildet hatte, das ohne jede Behandlung schwand. Die Schmerzhaftigkeit der Injectionen bei den verschiedenen Individuen war dabei sehr verschieden, wenigstens wurde der verursachte Schmerz als sehr verschieden stark angegeben; mehrfach wurde mir gesagt (darunter ein Mal von einem 14jährigen Knaben, der an Neuroretinitis litt), dass überhaupt gar keine Schmerzen durch die Injectionen hervorgerufen würden. Aber auch beim selben Individuum war der eintretende Schmerz ein sehr verschieden starker, zum Theil durch die gewählte Injectionsstelle bedingt; in anderen Fällen liess sich der Grund dafür nicht finden. — Als sehr wohlthuend bei stärkeren Schmerzen erwiesen sich Umschläge mit kaltem Wasser. — Ich habe diese Beobachtungen gemacht bei Benutzung einer $1\frac{1}{2}$procentigen Lösung von Sublimatpepton, von welcher bei Beobachtung der von Lewin für die Injectionsmethode gegebenen Regeln pro dosi et die 1 Gramm, enthaltend Sublimat 0,015 (gr. $\frac{1}{4}$) injicirt wurden. Diese relativ grosse Dosis war gewählt worden, weil von der Menge des angewandten Hg gewiss auch z. Th. die raschere oder langsamere Wirkung desselben auf den Syphilisprocess abhängig ist und 0,015 Sublimat so ziemlich die Maximaldosis für den fortgesetzten Gebrauch darstellt. Da gewöhnlich nur eine 1-procentige Lösung angewandt wird und allgemein eine sehr geringe Schmerzhaftigkeit der

Injectionen beobachtet worden ist, so scheint mir die stärkere Concentration meiner Lösung und die grössere Menge des injicirten Sublimat an den bisweilen stärkeren Schmerzen schuld zu sein. Es würde sich dieser Uebelstand, wenn man die gleich grosse Dosis beibehalten will, wohl dadurch vermeiden lassen, dass man an zwei Stellen die 1-procentige Lösung in entsprechender Menge injicirt.

Es fragt sich jetzt schliesslich, ob bei den Vortheilen der Injectionsmethode, die oben besprochene Wahrscheinlichkeit ihrer sicheren und raschen Wirkung durch die praktische Erfahrung zur Gewissheit erhoben wird.

Gegenüber der allgemeinen constitutionellen Syphilis ist die Wirksamkeit der subcutanen Injectionen der Sublimatpräparate, wie auch des Hg-bicyanuret nicht ganz allgemein anerkannt, aber auch diejenigen, welche dieser Methode mehr abweisend gegenüberstehen und wo möglich stets die älteren Methoden vorgezogen wissen wollen, empfehlen dieselbe „für die leichteren und einfacheren Formen der zweiten Periode des Syphilisprocesses, welche neben der initialen Sclerose und der Papel durch die maculöse, papulöse, kleinpustuläre und psoriatische Form jüngeren Ursprungs und allenfalls auch Angina characterisirt ist" (Sigmund l. c. pg. 15). Diese Periode aber ist es gerade, auf die es uns betreffs der Iritis ankommt und wir sehen somit, dass nicht nur enthusiastische Anhänger der Injectionsmethode uns für Behandlung der Iritis auf dieselbe verweisen. — Selbst wenn die Iritis aber auch ausnahmsweise mit „schweren Formen" der Syphilis zusammen auftreten sollte, braucht man nicht von den Injectionen abzustehen, da nach den Beobachtungen Lewin's u. A. dieselben ihre günstige Wirkung auch bei jenen schweren Formen nicht versagen.

Die Sicherheit der Wirkung der Injectionen bei Behandlung der Iritis syphilitica ist durch die praktische Erfahrung bisher fast immer bestätigt worden und liefern meine unten mitgetheilten Fälle in dieser Beziehung einen weiteren Beleg zu Gunsten der Injectionstherapie. So sicher aber auch die Wirkung derselben ist, so kommt ihr doch in sofern kein Vorzug vor den übrigen Mercurialcuren zu, als auch nach bereits wegen allgemeiner Syphilis begonnener Injectionscur Iritis auftreten kann. In einem derartigen Falle (Lewin) schwand dieselbe rasch wieder nachdem noch eine Injection gemacht und dann acht Tage pausirt worden war; in einem zweiten, bereits mehrfach erwähnten Fall (Schmidt) wo 27 Hg-suppositorien und

$^{23}/_8$ gr. Sublimat in Injectionen bis zum Auftreten der Iritis verbraucht worden waren, wurde bei fortgesetzten Injectionen Verschlechterung bemerkt, die auch bei später begonnener Schmierkur zunahm; Heilung schliesslich durch häufige Paracenthesen. Dieser Fall spricht nicht gegen die Injectionstherapie, da auch Hg-suppositorien und Inunctionscur erfolglos blieben, sondern beweist nur, dass gegen einzelne seltene Fälle von Iritis syphilitica jede mercurielle Behandlung machtlos ist und die operative einzutreten hat.

Sehr wichtig ist für die Behandlung der Iritis die von Lewin aufgestellte Behauptung, dass durch die Injectionen eine raschere Heilung der Syphilissymptome zu Stande gebracht werde, als durch die anderen Methoden der mercuriellen Behandlung. Diese Angabe ist später mehrfach bestätigt und andererseits mehrfach durch Beobachtungen widerlegt worden, so dass noch völlige Unsicherheit darüber herrscht. Sehen wir, wie weit dieselbe für die Iritis berechtigt ist oder nicht.

Bei Benutzung von wässeriger Sublimatlösung injicirte Lewin bei „sehr intensiven Fällen" von Iritis syphilitica mit sich steigernden Symptomen gleich 0,015 (gr. $^1/_4$); die Injection wurde verschieden schnell wiederholt, so dass einige Patienten am ersten Tage 0,045, einer sogar 0,062 Sublimat erhielt. Der Erfolg war in allen Fällen „überaus günstig"; die Heilung erfolgte im Durchschnitt rasch. Bis zum Eintritt derselben wurde in den leichten Fällen 0,093 (gr. $1^1/_2$) Sublimat verbraucht, während in schweren 0,31—0,372 (gr. 5—6) Sublimat verabfolgt werden mussten; letzteres war namentlich der Fall bei drei Patienten mit Iritis gummosa. Die Localtherapie bestand in Instillation einer „leichten" Atropinlösung.

H. Schmidt[1] sah zuweilen ebenso wie Lewin schon nach 2 bis 4 Einspritzungen wässeriger Sublimatlösung (0,0075 — 0,01 Sublimat pro die) — natürlich unter gleichzeitiger Anwendung von Atropin — eine erhebliche Besserung eintreten. Einmal war eine Iritis gummosa nach 9 Injectionen geschwunden.

Schmidt (Odessa)[2] machte über den Tag ambulatorisch Injectionen von gr. $^1/_6$ (0,01) Hg-bicyanuret und erzielte in 6 Fällen (nach Ausschluss eines Falls, in dem vorher schon Hg gebraucht worden war) nach 10—12 Injectionen, also gr. $1^2/_3$—2 (0,103—0,124) Bicya-

---

[1] Berl. klin. Wochenschr. 1872. p. 291.
[2] Centralblatt für Augenheilkunde 1878 December, p. 284.

nuret in 20 — 24 Tagen Heilung der Iritis (1 Mal gummosa). — Sonstige genauere Mittheilungen über die Dauer der Iritis syphilitica resp. die zur Heilung erforderliche Hg-menge bei Behandlung mit Injectionen habe ich in der Litteratur nicht gefunden. Da solche Angaben für die Schnelligkeit der Wirkung bei Gebrauch des Sublimatpeptons somit gar nicht existirten, so wählte ich für die mir zur Beobachtung kommenden Fälle dieses Präparat um jenes Moment festzustellen.

In beistehender Tabelle III sind die von mir mit Sublimatpepton behandelten Fälle übersichtlich zusammengestellt, in derselben Weise wie in Tab. I u. II. Auch hier wurde die Iritis als geheilt erachtet, wenn die Episcleralinjection vollständig geschwunden und das Gewebe der Iris normal geworden, selbst wenn das Sehvermögen noch nicht zur Norm zurückgekehrt war und eine geringe Trübung im Glaskörper vorhanden zu sein schien. Dann wurden auch die Injectionen ausgesetzt, wenn nicht wie in Fall № 5 das Fortbestehen der übrigen Syphilissymptome zur Fortsetzung der Injectionen nöthigte. Letztere erfolgte natürlich auch im Falle deutlich fortbestehender Chorioretinitis (№ 6). In den übrigen Fällen sah ich keinen Grund, warum die Injectionen noch nach Schwund der Iritis weiter fortgesetzt werden sollten. Wenn H. Schmidt (l. c.) Letzteres deshalb gethan wissen will, weil sehr leicht durch die geringsten Schädlichkeiten ein Recidiv der Iritis hervorgerufen werden kann, so muss ich anführen, dass trotz ambulatorischer Behandlung in 5 Fällen und trotzdem die übrigen Patienten meist gleich nach Schluss der Injectionscur des Raummangels wegen entlassen werden mussten, ein Recidiv der abgelaufenen Iritis nie eintrat.

Wie nun die Zahlen der Tabelle ergeben trat in 20 Fällen bemerkbare Besserung nach 2—9 Injectionen (0,03—0,135 Sublimat) ein, im Durchschnitt nach 4 Tagen und 4 Injectionen von in Summa 0,062 (gr. 1) Sublimat. Die Heilung wurde in 21 Fällen bewirkt durch 5—25 Injectionen (= 0,075—0,375 Sublimat) in 5—26 Tagen, im Durchschnitt durch 13,3 Injectionen (0,203 = gr. $3\frac{1}{4}$ Sublimat) in 13,8 Tagen. Dass diese Zahlen sich niedriger stellen würden, wenn ich über eine grössere Anzahl von Fällen zu verfügen hätte, scheint mir höchst wahrscheinlich; denn ein Blick auf die Tabelle lehrt, dass unter den von mir behandelten Fällen relativ wenig leichte sich befinden, dagegen meist solche, wo totale Synechien, Gumma iridis, Chorioretinitis die Heilung verzögerten und eine grossere Menge Hg behufs Heilung der Iritis nothig wurde. Die Richtigkeit dieser letzteren Behauptung mögen die Zahlen beweisen; wenn wir nur die leichteren Fälle (1, 2, 3, 4 und 21) nehmen so stellt sich der Durchschnitt der Behandlungsdauer auf nur 10 Tage bei 10 Injectionen (= 0,15 Sublimat), während die Behandlungsdauer der übrigen Fälle im Durchschnitt 14,8 Tage war bei 14,4 Injectionen (= 0,219 Sublimat).

Vergleichen wir die eben gewonnenen Resultate zunächst mit den oben aus der Litteratur bezüglich der Injectionen der wässerigen Sublimatlösung und des Bicyanuret angeführten, so sehen wir, dass das Minimum und Maximum der zur Heilung der Iritis syphilitica nöthigen Sublimatmenge bei Injection von Sublimatpepton dasselbe ist, wie bei Injection der wässerigen Sublimatlösung; dass die bei letzterer beobachtete Heilung einer Iritis gummosa nach 9 Tagen auch in der gleichen Zeit nach Injection des Sublimatpepton (in etwas grösserer Menge) beobachtet wurde (№ 7 und 8) und dass endlich nach Injectionen von Hg-bicyanuret über den Tag (die allerdings in dieser Weise auch gar nicht rationell gemacht erscheinen) die Heilung in kürzerer Zeit aber nach einer geringeren Menge Hg eintrat als bei Injection des Sublimatpepton. — Hieraus scheint, so weit man aus so wenigen Fällen schliessen kann, hervorzugehen, dass das Sublimatpepton dem reinen Sublimat in seiner Wirkung nicht nachsteht und dass man somit stets das weniger Schmerzen bewirkende, keine Abscesse hervorrufende Sublimatpepton dem reinen Sublimat vorzuziehen hat. — Ob das Sublimat-Chlornatrium bei der Behandlung der Iritis die gleichen Resultate giebt, wie das Sublimatpepton, müssen dahingehende Versuche lehren; es liegt aber gar kein Grund vor, anzunehmen, dass es in der Wirkung dem Pepton nachstehen sollte, wobei es dieselben Vortheile bietet, wie jenes. In praktischer Beziehung nicht ganz unwichtig ist für manche Verhältnisse, dass die Sublimat-Chlornatriumlösung sich längere Zeit hält, während das Sublimatpepton selbst in der Kälte nur einige Tage unverändert gehalten werden kann. — Ob das Hg-bicyanuret ebenso rasch oder noch rascher und in schon kleinerer Menge wirkt als das Sublimatpepton, lässt sich aus den angeführten Beobachtungen nicht eruiren. Weitere Versuche müssen das erweisen; sie wären wichtig, weil das Hg-bicyanuret, wie oben gesagt, sehr wenig Schmerzen bei der Injection verursachen soll.

Mag man nun bei den subcutanen Injectionen dem Sublimatpepton,

Iritis syphilitica behandelt mit subcutanen Injectionen einer 1½ procentigen Sublimatpeptonlösung (Dosis 1 Gr. — 0,015 Gr. Sublimat).

№	Name.	Alter.	Auge.	Synech. post.	Besondere Symptome.	Iritis seit	Syphilis seit	Symptome der constit. Syphilis.	Locale Therapie, vorhergehend.	Locale Therapie, gleichzeitig.	Besserung nach Tag.	Besserung nach Inj.	Besserung nach Gr.	Heilung nach Tag.	Heilung nach Inj.	Heilung nach Gr.	Bemerkungen.
1.	Iwan B. . . .	39.	sin.	eine, die schwindet.	keine	3 Tagen.	8 Monaten.	Cervical-, Inguinaldrüsenschwellung.	Atropin 3 Tage, wobei Verschlechterung.	Atropin.	3.	3.	0,045.	5.	5.	0,075	Pat. litt vor 1½ Monaten an Iridochor. syph. oc. dx., die durch Ung. cin. 30 Gr. und Kal. jodat. 15 Gr. geheilt wurde. — 11 Tage nach Schluss der Injectionscur war V. oc. dx. = 1, V. oc. sin. = < 1. — Wurde ambulatorisch behandelt.
2.	Jakow R. . . .	32.	sin.	eine breite, die bleibt.	kleines Hypopion.	3 Tagen.	6 Monaten.	alle Lymphdrüsen (besonders auch die cubitalen) geschwollen, hart.	Atropin 3 Tage, wonach keine Besserung.	Atropin.	2.	2.	0,03.	8.	8.	0,12.	Wurde ambulatorisch behandelt. — 5 Tage nach Schluss der Injectionscur V. oc. sin. = 1.
3.	Praskowja W.	27.	dx.	keine.	keine	8 Tagen	? Exanthem vor 3 Wochen gewesen.	ausser den cubitalen sind alle Lymphdrüsen geschwollen.	Atropin u. Compr. échauff. 5 Tage, wobei Verschlechterung.	Atropin, Compr. échauff.	10.	8.	0,12.	12.	10.	0,15.	Am Schluss der Injectionscur bei Mydriasis V. oc. dx. = $^{6}/_{12}$, nach einigen Tagen = 1. — In den letzten Tagen der Cur bekam Pat. Kal. jodat. et bromat. 4,25 Gr.
4.	Semen W. . .	36.	dx.	mehrere, von denen 3 bleiben.	Leichte Keratitis diffusa	5 Tagen.	5 Monaten.	Ulcus indurat. penis. Angina catarrhalis, alle Lymphdrüsen geschwollen.	Atropin 5 Tage Hirud. art. Compr. échauff. wobei Verschlechterung.	Atropin, Compr. échauff.	6.	6.	0,09.	13	13.	0,195.	Am Schluss der Injectionscur V. oc. dx. = 1. — Pat. wurde vor 2 Monaten wegen Exanthem mit 16 Inunctionen Ung. cin. behandelt. Vor 1 Monat litt er an Iritis oc. dx., die wegen bestehender Stomatitis nur local behandelt wurde und in 12 Tagen mit einer kleinen Synech. heilte. Bei Beginn der Injectionscur war die Stomatitis fast geschwunden und kam während derselben zur Heilung.
5.	Pauline J. . .	20.	utr.	sin.: eine, die bleibt. dx.: totale, die bleibt.	Keratitis diffusa et punctata, Chorioretinitis oc. utr. Bedeutendes Exsudat im Pupillarraum oc. dx.	3—4 Wochen.	? Exanthem vor 2 Monaten.	Exanthema papulosquamosum über den ganzen Körper; alle Lymphdrüsen geschwollen.	Atropin 3 Wochen, wobei Verschlechterung.	Atropin, Compr. échauff.	1	1	0,015.	sin.: 8 dx.: 15	8 15.	0,12 0,225.	Exanthem geschwunden nach 26 Injectionen (= 0,39 Gr. Sublimat). Einige Tage später ist V. oc. sin < $^{5}/_{15}$, V. oc. dx. = $^{5}/_{20}$
6.	Fedosa T. .	50.	sin.	totale, die bleibt.	Keratitis punctata, Chorioretinitis. Massiges Exsudat im Pupillarraum.	17 Tagen.	3 Monaten.	alle Lymphdrüsen stark geschwollen, hart.	Atropin 10 Tage, wonach keine Besserung.	Atropin.	5.	5.	0,075	8.	8.	0,12.	Chorioretinitis oc. dx. Nach Schwund der Iritis ist V. oc. sin. von $^{5}/_{20}$ auf $^{5}/_{15}$ gestiegen und bessert sich durch weitere 14 Injectionen nicht.
7.	Anna J.	18.	dx.	eine, die bleibt.	Keratitis punctata, 1 Gumma iridis.	7 Tagen.	?	Exanthema papulosquamosum; alle Lymphdrüsen geschwollen.	Atropin 1 Tag.	Atropin.	2.	2.	0,03.	10.	9.	0,135.	Am Schluss der Injectionscur V. oc. dx. = 1. — Wurde ambulatorisch behandelt.
8.	Anna S.	25.	sin.	viele, von denen 3 bleiben.	Keratitis punctata, 1 Gumma iridis.	7 Tagen.	6 Monaten.	Angina katarrhalis, alle Lymphdrüsen geschwollen.	Atropin 1 Tag.	Atropin, Compr. échauff.	2.	2.	0,03.	9.	9.	0,135.	Am Schluss der Injectionscur: V. oc. sin. = 1. — Wurde ambulatorisch behandelt.
9.	Darja L.	29.	sin.	keine.	Keratitis diffusa, 1 Gumma iridis.	12 Tagen	2 Monaten.	Ulcus vulvae; alle Lymphdrüsen (ausser den cubitalen) geschwollen.	Atropin.	Atropin, Hirud. art., Compr. échauff.	5.	6.	0,09.	12	13.	0,195.	Pat. wurde vor 1 Monat wegen Ulcus vulvae und Exanthem mit 6 Inunctionen Ung. cin. behandelt.
10.	Stepanida A.	30.	dx.	totale, die bleibt.	12 Gummata iridis, sehr starkes Exsudat im Pupillarraum.	14 Tagen.	4 Monaten.	Exanthema papulosum. Cervicaldrüsenschwellung.	Atropin 7 Tage, wobei Verschlechterung.	Atropin, Hirud. art. Compr. échauff.	5.	7.	0,105.	14	16.	0,24.	Am Schluss der Injectionscur ist V. oc. dx. = $^{5}/_{50}$; nach der 1 Monat später gemachten Iridectomie V. oc. dx. = $^{5}/_{18}$.
11.	Marja F. . . .	27.	utr.	2 oc. utr., die bleiben.	Keratitis punctata, 2 Gummata iridis, Chorioretinitis utr.	10 Tagen	? Jahr.	Angina katarrhalis, alle Lymphdrüsen geschwollen.	Atropin.	Atropin.	2.	2.	0,03.	22	18.	0,33.	Pat. musste nach der 18. Injection entlassen werden; die Iritis gummosa war geschwunden, die Chorioretinitis noch nicht; in Folge dessen V. oc. utr. = $^{5}/_{15}$.
12.	Sergei P. . . .	36.	dx.	mehrere, die bleiben.	Leichte Keratitis diffusa, 3 Gummata iridis. Geringe Chorioretinitis.	4 Tagen.	7 Monaten.	Alle Lymphdrüsen geschwollen, hart.	keine.	Atropin, Compr. échauff.	2.	2.	0,03.	15.	14.	0,21.	
13.	Jan T.	26.	sin.	8, die bleiben.	1 Gumma iridis, gelatinöses Exsudat in der vorderen Kammer, Chorioretinitis.	6 Tagen.	? Exanthem vor 6 Monaten.	Pigmentflecken über den ganzen Körper; alle Lymphdrüsen geschwollen.	Atropin 4 Tage, wobei Verschlechterung.	Atropin.	9.	9.	0,135.	20.	20.	0,3.	Nach Schwund der Iritis ist V. oc. sin. = $^{5}/_{50}$, da die Glaskörpertrübungen noch nicht ganz geschwunden. Durch 4 weitere Injectionen keine Besserung. Pat. wird mit Kal. jodat. pro die 0,225 entlassen: 14 Tage später V. oc. s. = 1 (cf. Fall XII).
14.	Olga M.	20	dx.	totale, die bleibt.	Iridochorioiditis gummosa, gelatinöses Exsudat in der vorderen Kammer.	10 Tagen	? Exanthem vor 2 Monaten.	Exanthema papulosum, alle Lymphdrüsen geschwollen.	keine.	Atropin, Hirud. artef., Compr. échauff.	8.	8.	0,12.	28	21.	0,315.	Am Schluss der Injectionscur V. oc. dx. = $^{5}/_{50}$ (cf. Fall IV).
15.	Franz K. . . .	45.	dx.	mehrere, die schwinden.	Hyphaema, Keratitis diffusa, 3 Gummata iridis. Chorioretinitis.	8 Tagen.	1 Jahr 2 Mon.	Condylomata lata ad anum.	Atropin 8 Tage, wonach keine Besserung.	Atropin, Hirud. artef., Compr. échauff.	5.	5.	0,075.	25.	25.	0,375.	Am Schluss der Injectionscur V. oc. dx. = $^{5}/_{9}$; nach weiteren 19 Tagen bei Gebrauch von Kal. jodat. pro die 0,225 V. oc. dx. = $^{5}/_{5}$ — 1. — Pat. ist im Lauf des letzten Jahres behandelt worden mit Sublimat (innerlich und subcutan), Ung. cin. Decoctum Zittmanni und Kal. jodat. Dabei erblindete das linke Auge in Folge von Iritis syph.; jetzt ist V. oc. sin. = $^{1}/_{\infty}$ mit guter Projection; Iridectomie ohne Erfolg gemacht.
16.	Iwan T.	24.	dx.	zahlreiche, die bleiben	Keratitis diffusa et punctata, 1 Gumma iridis. Exsudat im Pupillarraum. Chorioretinitis.	7 Tagen.	7 Monaten.	alle Lymphdrüsen geschwollen.	keine.	Atropin, Compr. échauff.	2.	2.	0,03.	12	12.	0,18.	14 Tage nach Schluss der Injectionscur und Gebrauch von Kal. jodat. in Summa 2,1 ist V. oc. dx. = $^{5}/_{15}$ bei fortbestehender mässiger Trübung der Cornea. — V. oc. sin. = $^{5}/_{5}$.
17.	Iwan W. . . .	30.	dx.	eine, die bleibt.	Keratitis diffusa, 2 Gummata iridis.	5 Tagen.	1 Monat.	Narbe der glans penis, Pigmentflecken über den ganzen Körper; alle Lymphdrüsen geschwollen.	Atropin 2 Tage, wonach keine Besserung.	Atropin, Compr. échauff.	2	2.	0,03.	9.	9.	0,135.	Am Schluss der Injectionscur V. oc. dx. = $^{5}/_{9}$. — Pat. hat bis 14 Tage vor Beginn der Injectionscur eine Cur von 12 Inunctionen Ung. cin. durchgemacht.
18.	Michail J. . .	24.	sin.	eine, die bleibt.	Keratitis diffusa, 1 Gumma iridis. Exsudat im Pupillarraum. Chorioretinitis (?).	7 Tagen.	5 Monaten.	Alle Lymphdrüsen geschwollen.	keine.	Atropin, Compr. échauff.	2.	2.	0,03.	10.	10.	0,15.	Am Schluss der Injectionscur V. oc. sin. = $^{5}/_{15}$.
19.	Matrjena R. .	18.	sin.	totale, die bleibt.	Keratitis punctata et diffusa, 3 Gummata iridis. Bedeutendes Exsudat im Pupillarraum.	6 Wochen.	4 Monaten.	Exanthema papulosquamosum alle Lymphdrüsen geschwollen.	keine.	Atropin, Compr. échauff.	7.	7.	0,105.	19.	19.	0,285.	Am Schluss der Injectionscur V. oc. sin. = $^{5}/_{20}$.
20.	Jekaterina K.	25.	dx.	keine.	1 Gumma iridis.	8 Tagen.	4 Monaten.	Exanthema papulosquamosum alle Lymphdrüsen geschwollen.	Atropin 1 Tag.	Atropin.	2.	2.	0,03.	12.	12.	0,18.	Am Schluss der Injectionscur V. oc. dx. = 1. — Pat. hat bis vor 4 Wochen eine Inunctionscur (Summa 22,2 Ung. cin.) durchgemacht; dann Kal. jodat. gebraucht in Summa 5,7. — Wurde ambulatorisch behandelt.
21.	Andrei A. . .	48.	dx.	keine.	Keratitis diffusa. Geringes Exsudat im Pupillarraum.	10 Tagen	4 Monaten.	Leicht indurirte Narbe des Praeputium.	Atropin 6 Tage, wonach keine Besserung.	Atropin, Compr. échauff.	?	?	?	14.	14.	0,21.	Am Schluss der Injectionscur V. oc. dx. = $^{5}/_{15}$.

dem Sublimat-Chlornatrium oder dem Hg-bicyanuret bei weiteren Beobachtungen für die Behandlung der Iritis syphilitica den Vorzug geben, so bleiben doch alle im Vorstehenden besprochenen Vorzüge der Methode bestehen, die durch den Nachtheil derselben nur in soweit eingeschränkt werden, als in einem kleinen Theil der Fälle von vornherein zu einer anderen Methode der mercuriellen Behandlung zu greifen ist. — Um nun auf unseren Ausgangspunkt, den Vergleich der Methode der subcutanen Injectionen mit der Inunctionscur zurückzukommen, müssen wir in Anbetracht der höchst rationellen Form der ersteren, ihres äusserst geringen Einflusses auf Mundschleimhaut und Speicheldrüsen, ihrer sicheren und raschen antisyphilitischen Wirkung sagen, dass sie in fast allen Fällen von Iritis die Inunctionscur zu ersetzen im Stande und in dem bei weitem grössten Theil derselben dieser sogar vorzuziehen ist, da sie bei mindestens gleich „energischer" Wirkung die Nachtheile der Inunctionscur nicht theilt. Da aber die letztere doch in den Fällen, in welchen sich die Injectionen durch ihre Schmerzhaftigkeit verbieten, einzutreten hat und in einer Reihe anderer Fälle ihre Nachtheile durch sorgfältige Vorsichtsmaassregeln sehr gemindert werden können, so glaube ich folgendermaassen die Indicationen für beide Methoden präcisiren zu können:

Die Inunctionscur mit Unguentum cinereum ist stets als Behandlungsmethode der Iritis syphilitica anzuwenden:

bei Kindern; im Säuglingsalter kann eventuell auch Calomel innerlich verabfolgt werden;

bei erwachsenen Individuen, die den durch die Injectionen verursachten Schmerz nicht zu ertragen im Stande sind;

sie kann angewandt werden, wenn die Injectionscur von Seiten des Patienten verweigert wird, besonders in Fällen voraussichtlich langer Dauer, womöglich aber nur dort, wo sich alle nothwendigen Reinlichkeits- und Vorsichtsmaassregeln aufs sorgfältigste durchführen lassen.

Die Methode der subcutanen Injection des Sublimatpepton, Sublimat-Chlornatrium und Hg-bicyanuret ist in allen übrigen Fällen indicirt. Einen ganz besonderen Vortheil gewahrt sie noch dort, wo sich bei früherem Gebrauch von Mercurialcuren Neigung zu Stomatitis gezeigt hat oder bei Auftreten der Iritis noch geringe Stomatitis besteht; endlich in allen den Fällen, wo die Umstände zur ambulatorischen Behandlung der Iritis zwingen.

Thesen.

1. Antiseptisches Verfahren bei Operation und Wundbehandlung verdient auch in der ophthalmologischen Chirurgie den Vorzug vor dem nichtantiseptischen.
2. Die Iris spielt bei Resorptionsvorgängen in der vorderen Kammer eine nur untergeordnete Rolle.
3. Die operative Behandlung der Episcleritis darf erst nach erfolgloser Anwendung der medicamentösen, insbesondere der Behandlung mit Jodvaselinsalbe, eintreten.
4. Die Operation der Durchschneidung der Ciliarnerven zur Verhütung der sympathischen Affection ist zu verwerfen.
5. Die Sehprüfung sollte nur bei künstlicher Beleuchtung vorgenommen werden.
6. Die Operation der Verödung des Thränensacks ist aus der Operationslehre der Ophthalmologie zu streichen.
7. Um die Weiterverbreitung der Syphilis einzuschränken, ist vor Allem eine Reform der Bordelle nach den Sperck'schen Grundsätzen nothwendig.
8. Betreffs der Euthanasie sollte auf Wunsch des Kranken dem Arzte gesetzlich grössere Machtvollkommenheit eingeräumt werden.